scheriau
kramayr

ROMINA PLESCHKO

AMEISENMONARCHIE

ROMAN

KREMAYR & SCHERIAU

ALS DOKTOR HERB Mazur beschloss, die gynäkologische Praxisklinik nach und nach an seinen Sohn Herb Simon Mazur zu übergeben, wusste er nicht, dass dieser nichts weniger vor Augen haben wollte als täglich zwanzig Vaginen. Herb Junior war kein Frauenarzt aus Leidenschaft, aber nun einmal der einzige Sohn des Hauses. Ein Solitär. Seine Schwester Greta lebte seit Jahren in Schweden und kontaktierte den Vater nur mehr, wenn die Finanzplanung ihres aufwändigen Lebensstils überraschende Lücken aufwies, was die Kontakte immerhin regelmäßig ausfallen ließ. Mazur Senior war stadtbekannt als Koryphäe im Ultraschallen. Er konnte das Geschlecht eines Fötus schon ab der 9. Schwangerschaftswoche fehlerfrei bestimmen. Er kannte alle Winkel, alle Schatten, alle Ausformungen und hatte sich in den über dreißig Jahren seiner Berufstätigkeit nur zwei Mal geirrt. Das war aber noch zu einer Zeit gewesen, in der die Gerätschaften einem das Leben schwer machten mit ihrer grauwolkigen Ungenauigkeit. Eigentlich war Herb Mazur Senior seit Jahren unfehlbar.

Mochte er eine Patientin – weil sie fügsam war, keine Fachfragen stellte und die Schamhaare nicht nach der allerneuesten Mode trug, sondern konservativ zurechttrimmte –, dann verriet er ihr das Geschlecht des Fötus auf der Stelle, obwohl das rechtlich vor der 13. Woche nicht gestattet war, um geschlechtsspezifische Abtreibungen zu vermeiden.

Wenn bei dieser Untersuchung, wie heutzutage durchaus üblich, der Ehegatte oder Partner anwesend war, ergänzte er die Verkündung eines Mädchens standardmäßig mit dem Satz »Das wird aber teuer für Sie, mein Lieber!«, denn er wollte sich einfach nicht vorstellen, dass es weitaus günstigere Töchter als Greta geben könnte.

Herb Junior konnte mit dem Charisma seines Vaters natürlich nicht mithalten, was dieser unbewusst unterstützte, indem er bei Einzug des Sohnes in die Praxis gleich die Gelegenheit nutzte, seinen eigenen Behandlungsraum neu zu schmücken. Eine persönliche Note bekam er nun endlich durch zahlreiche Familienfotos an der Stelle, an der vorher Werbematerial diverser Pharmafirmen gestanden hatte. Auf diesen Fotos war in signifikanter Häufigkeit Herb Junior abgebildet. Es war ein mäßig dekorativer Querschnitt seiner schwersten Jugendjahre, zu erkennen an der beachtlichen Akne oder dem in den frühen Neunzigerjahren modischen Helm-Haarschnitt, bei dem sich sein feines blondes Haar eichelartig um den Oberkopf schmiegte. Herb Junior hatte zum Zeitpunkt dieses Haarschnitts auch noch eine Zahnspange getragen und erstmals entdeckt, dass sein Interesse mehr den Penissen als den Vaginen galt. Diese Information wusste er aber geschickt zurückzuhalten und so studierte er Medizin, wie von ihm verlangt, mit der unvermeidbaren Spezialisierung auf Gynäkologie.

DIE PACKUNG MIT den Beruhigungsmitteln, die Magdalena Mazur hinter dem Racletteofen im Küchenschrank fand, war fast aufgebraucht. In der Nacht hatte sie einen Albtraum gehabt, in dem ihr Körper plötzlich von innen mit Teflon ausgekleidet war und die Organe anfingen, tief in ihr Becken hineinzurutschen. Eine ekelhafte Vorstellung, sie war schweißgebadet aufgewacht. Wohl wissend, dass dies anatomisch unmöglich war, wollte Magdalena trotzdem überprüfen, wie viele neue Raclettepfännchen sie für Weihnachten benötigten, weil die alten sich bereits in ihre Einzelteile zersetzten. Gesund war es sicher nicht, wenn man die Antihaftbeschichtung vermengt mit Flüssigkäse aß.

Jetzt fragte sie sich, aus welchem Grund Herb Senior diese Tabletten nahm. Wahrscheinlich regte ihn die anstehende Pensionierung doch mehr auf, als er zugeben wollte. Er sprach nicht viel darüber, aber Magdalena merkte an seinem steigenden abendlichen Alkoholkonsum, dass ihn etwas beschäftigte.

Sie ging zum Kühlschrank, wählte eine italienische Stangensalami mit Fenchelaroma und schnitt sich ein unelegant großes Stück davon ab. Beim Hineinbeißen quoll das Fett durch ihre Zahnzwischenräume, sie liebte dieses Gefühl. Ein kleines Stück Fleischfaser verfing sich zwischen zwei Backenzähnen, sie wollte es erst dann entfernen, wenn es gänzlich an Geschmack verloren hatte. Als Vegetarierin würde sie innerhalb kürzester Zeit zugrunde gehen, davon war Magdalena überzeugt, denn sie hatte die Blutwerte einer jungen Frau, die sich ausgewogen ernährte. Und das, obwohl sie hauptsächlich Salami zu sich nahm und auch nicht mehr besonders jung war.

Eine schwarze Feder vom Kragen ihres schon sehr abgetragenen Morgenmantels wehte in immer wieder unterbrochenen Etappen über den Küchenfußboden, als hätte sie ein unschlüssiges Eigenleben. Es dauerte eine Weile, bis Magdalena bemerkte, dass ihr wippender Fuß die Feder antrieb. Sie saß auf einem Barhocker an der Kücheninsel und starrte die Packung mit den Beruhigungsmitteln an. Es passte nicht zu Herb Senior, dass er Tabletten versteckte. Magdalena saugte an der Fleischfaser zwischen ihren Zähnen, um sie herauszulösen, sie fuhr mit der Zunge den Zahnzwischenraum entlang und erschrak, als sich ein kleiner harter Brösel aus der Faser löste. Magdalena war stolz auf ihre gesunden Zähne und hatte vor, die Originale bis ins hohe Alter zu behalten. Der Brösel löste sich auf und hinterließ einen bitteren, metallischen Geschmack.

Dieser spezielle Geschmack war ihr vertraut. Nicht in der Intensität, aber in seiner Grundbeschaffenheit. Kühl setzte er sich fest in ihrer Mundhöhle, als würde man das Fleisch des toten Tieres vor seinem allerletzten Weg noch einmal desinfizieren, damit es nicht in irgendeiner Form, und sei es nur die von Bandwürmern, wieder zum Leben erwachen konnte.

Magdalena nahm einen Zahnstocher aus der Besteckschublade und schob damit die hartnäckige Fleischfaser aus dem Zwischenraum der beiden Backenzähne. Vorsichtig nahm sie das durchgespeichelte Stück zwischen Daumen und Zeigefinger und streifte es an der schwarzen Arbeitsplatte ab. Es war weiß, mit rosigen ausgefransten Enden und komplett formlos. Magdalena rollte es ein wenig unter ihren Fingern.

Früher hatte sie sogar manchmal einen der Herbs gebeten, ihr eine andere Sorte Stangensalami aus dem Feinkostladen mitzubringen, aber sie schmeckten alle ähnlich bitter, daher hatte sie sich schließlich auf die am angenehmsten zu portionierende Variante festgelegt. Was wusste sie schon kulinarisch, seit Neuestem ließ man Fleisch kontrolliert verschimmeln für gelangweilte Gaumen. Sie musste nicht alles verstehen.

Magdalena rollte die Fleischfaser immer weiter über die Arbeitsfläche, sie zog eine fettig glänzende Spur bis hin zur Schachtel mit den Beruhigungstabletten und blieb schließlich an ihr kleben. *Mirtabene* stand darauf, und direkt

neben dem Schriftzug prangte jetzt die erschlaffte Fleischfaser wie ein Urzeitkrebs, der ungefragt in die Gegenwart
katapultiert worden war und in dieser sofort an schweren
Depressionen zu leiden begann. Früher hätte Magdalena
dieses Stillleben sofort gemalt, Skurriles lag ihr am Herzen, aber schon beim Gedanken daran versteifte sich ihr
Handgelenk.

Der Verdacht allein war ihr unbehaglich, wusste sie
doch nie etwas Produktives damit anzufangen. Sie ahnte
schon seit Herb Juniors Kindheit, dass er homosexuell
war, aber sie ließ diese Ahnung unbearbeitet. Der frühere
Mitbewohner ihres Sohnes, der dem Moderator der Lottoziehung zum Verwechseln ähnlich sah, drang ebenso wenig
in ihre Gefühlswelt wie die Erinnerung an längst vergangene Kindergeburtstagsfeiern, bei denen Herb Junior jedes
Jahr eine gestisch hochdramatische Zaubershow in einem
silbernen Umhang zum Besten gegeben hatte. Magdalena
sah, verstand die Essenz, aber reagierte in keiner Weise
darauf. Ahnungen waren unangenehm genug, endgültige
Gewissheiten sollten sich deshalb einfach von selbst ergeben.

Herb Senior verabreichte ihr also Beruhigungsmittel,
untergemischt in eine Wurst, wie einer renitenten Haus-
katze. Magdalena kratzte die Fleischfaser von der Tablet-
tenschachtel, steckte sie wieder in den Mund und schluckte.

HERB JUNIOR WAR heute zwar in der Ordination, aber nicht bei der Sache. Am Morgen hatte er im Lift das Parfum des Nationalratsabgeordneten gerochen, *Mandarino di Amalfi* von Tom Ford, süßlich dominant, ein eindeutiges Statement. Kein heterosexueller Mann verwendete Tom Ford. Die Frauen des Hauses konnte er alle ausschließen, auch wenn das bei der ansonsten glasklaren Beweislage zur sexuellen Orientierung des Nationalratsabgeordneten unnötig war, die hatten keinen Geschmack, bis auf seine Mutter, aber Magdalena fuhr nie mit dem Lift. Die restlichen Bewohnerinnen arbeiteten zumeist irgendwo im Verkauf und trugen grauenhaft zitronige Synthetikmischungen, so üppig aufgesprüht, dass Herb Junior bestätigt wurde in seiner Theorie über den Verfall des Geruchssinnes im Einzelhandel. Je länger die Frauen täglich in Kosmetikabteilungen oder Drogerien standen, desto mutiger setzten sie sich zur Wehr gegen die starke Beduftung dort, indem sie sich selbst von oben bis unten einnebelten, um nicht komplett unterzugehen in diesen gnadenlosen Neonlichthöllen.

Jetzt saß eine erwartungsvolle Schwangere vor ihm, sechste Woche, und er hatte keine Lust auf die Untersuchung. Die Frau war schrecklich dünn, litt an Morgenübelkeit und wollte endlich einen Herzschlag hören. Herb Junior bat sie, den Bauch freizumachen, sichtlich irritiert gehorchte sie. Er drückte den Schallkopf auf ihre Bauchdecke, eventuell etwas zu fest, aber obwohl sie so schlank war, bekam er nichts zu sehen. Also doch vaginal. Der Herzschlag war schnell gefunden, die Schwangere glücklich.

Herb Junior fixierte die große Tätowierung auf ihrem Oberschenkel, ein grimmig dreinblickendes kleines Mädchen mit Zigarette im Mundwinkel.

»Woher stammt diese Narbe hier am Unterbauch«, fragte er.

»Äh, von meinem Kaiserschnitt«, antwortete die Schwangere.

»Sie können sich wieder anziehen«, sagte er.

Herb Junior zog die Einweghandschuhe aus und wusch sich gründlich die Hände und Arme, bis fast zum Ellenbogen. Er roch an seinen Fingern, seifte sie ein zweites Mal ein und spülte sie gründlich ab. Seine Hände waren rot und schmerzten vom eiskalten Wasser.

DREIUNDZWANZIG NEUE BEITRÄGE. Karin hatte nur kurz Mittagessen gekocht und schon gab es dreiundzwanzig neue Beiträge zu ihren abonnierten Threads im Familienforum. Sie schaltete die Kaffeemaschine ein und machte es sich auf dem Sofa gemütlich. Helene schlief, Karin hatte jetzt ungefähr eine Stunde Zeit, um selbst etwas zu schreiben, bevor ihre Tochter wieder aufwachen würde.

Heute wurde über die Ethik der Leihmutterschaft, die Veganität von Muttermilch und über die anstehenden Nationalratswahlen diskutiert, durchsetzt von den üblichen Finanzgeschichten, bei denen es in erster Linie darum ging, wer mehr Geld hatte als die anderen und das so subtil in seine Forumsidentität einflechten konnte, dass niemand sich traute, seinen Neid zu verbalisieren. Man pflanzte den Neid in eine Cloud, sozusagen. Karin hatte mittlerweile gelernt, dass man Geld nur für bestimmte Dinge ausgeben durfte, für Bioobst, ein faltbares Fahrrad, für Ergotherapien und ein Kindertheater-Abo, eventuell noch für nachhaltige Reisen in streng ökologisch geführte Ferienresorts, sicherlich aber nicht für eine Nanny, Handtaschen oder Kosmetik. Das Beschäftigen einer Nanny führte nämlich nach drei Threadseiten zur Conclusio, dass man besser gar keine Kinder hätte bekommen sollen, wenn man sie nicht durchgehend selbst betreute. Eine teure Handtasche bedeutete, dass man die Prioritäten im Leben falsch setzte, und eine Affinität zu Luxuskosmetik, dass man oberflächlich war und dumm genug, den leeren Versprechungen der Industrie zu glauben.

Karin wusste nicht genau, warum sie seit Jahren süchtig nach diesem Forum war, dessen Teilnehmerinnen sie sich alle entweder sozial komplett unbeholfen oder so besserwisserisch vorstellte, dass das reale Umfeld die Flucht ergriffen hatte. Wie sie selbst dort hineinpasste, darüber vermied sie nachzudenken, denn sie beschäftigte sich nicht gerne mit eventuellen Defiziten ihrer Persönlichkeit, sondern lieber mit denen der anderen, zudem konnte sie außerhalb ihres Berufslebens nicht viel Zeit in soziale Kontakte investieren. Manchmal reichte es ihr, nur zu lesen und teilzuhaben an den rührend tollpatschigen Selbstdarstellungen im Netz. Vor allem die Männer hatten es ihr angetan. Das Familienforum wurde nämlich fast ausschließlich von Nutzerinnen besiedelt, man konnte die Nutzer an zwei Händen abzählen. Zu ihnen gehörte zum Beispiel der latent unzufriedene *Apachenträne76*, der so besessen war vom Sozialdarwinismus, dass er seine Tochter – natürlich Einzelkind, denn alles andere hätte einen Verlust der Finanzkraft zur Folge gehabt – zum Bogenschießen und Kampfsport zwang, damit sie der Härte der Welt eines Tages gut gerüstet gegenübertreten konnte. Er partizipierte nie an privaten Themen, außer es ging um Schulhofprügeleien *(Sehr gesund für die Entwicklung! Nur Weicheier wollen ohne Gewalt durchs Leben!)*, das Sammeln von Uhren *(Chronographen, bitte, so viel Zeit muss sein!)* oder das Schreiben von Kinderbüchern *(Durch strategisch effiziente Produktplatzierung beeindruckende Verkaufszahlen der Werke aus Eigenverlag).*

Einmal hatte er versucht, sie über private Nachrichten anzuflirten. Darin war er nicht besonders geschickt, ging es doch hauptsächlich um ein vages Anklingenlassen seines überdurchschnittlichen Einkommens und seine Vorliebe für Funktionskleidung. Karin hatte sich konservativ wild gegeben, eine riskante Mischung, aber sie wollte schon immer einmal der aufflammende Traum eines Mannes sein, der das Scheitern seines Lebens final auf sich zukommen sah. Karin gefiel es, wenn alternden Männern allmählich jede Möglichkeit eines Alphatierdaseins geraubt wurde, trotz eigentlich bester Voraussetzungen. Bei Frauen passierte der Prozess des Scheiterns viel zu früh und schnell, er tat den meisten auch nicht weh, sondern war nichts weiter als natürliche Fügung. Man bekam Kinder, so war das eben.

ALS MAGDALENA HERB Senior in den Achtzigern auf einem Fest des Tennisclubs kennengelernt hatte, fiel ihr zuallererst auf, wie weiß der Kragen seines Polohemds war. Leuchtend rahmte er sein Gesicht, ein spiegelverkehrter Heiligenschein. Obwohl Herb Senior schon damals einen Hang zum Übergewicht hatte, schwitzte er weniger als der Durchschnitt und wirkte fit und frisch. Sein Fleisch war fest.

Magdalena fand Mediziner von allen Berufsgruppen am anziehendsten, sie gab sich gerne der Illusion hin, mit ihrem Partner eine Geheimwaffe gegen den Tod zu besitzen. Sollte jemals das viel beschworene weiße Licht zu einem unerwünschten Zeitpunkt auf sie zukommen, dann könnte sie »Stopp! Mein Mann ist Arzt!« rufen, und wenn das nichts nutzen würde, gäbe es immerhin als österreichische Eigenheit die Option auf einen Grabstein mit einem in goldenen Lettern eingemeißelten »Frau Doktor«.

Herb Senior war witzig und selbstbewusst, er hielt Türen auf und legte seine wohltemperierten Finger sanft zwei Handbreit unter Magdalenas Schulterblätter. Das gefiel ihr, erinnerte es sie doch an die Art, wie ihr der Vater damals das Schwimmen beigebracht hatte, die Hand immer sanft an ihrem Bauch, kaum spürbar, aber sofort mit aller Kraft da, sobald sie unterzugehen drohte.

Jedes Mal, wenn sie die Orientierung verlor, was ihr in den verwinkelten Räumlichkeiten des Clubhauses und unter Einfluss eines leicht erhöhten Weißweinkonsums andauernd passierte, dirigierte Herb Seniors Hand sie in die richtige Richtung. Magdalena beschloss, dass er eine ernsthafte Möglichkeit für ihre Zukunft zu sein hatte.

Der erste Geschlechtsverkehr in der Woche darauf verlief enttäuschend, ganz ohne Polohemd verlor Herb Senior sofort die Form, und Magdalena war in einem ausreichend überdurchschnittlichen Maße hübsch, um sich sexuell normalerweise nie anstrengen zu müssen. Verwirrt von seiner passiven Erwartungshaltung griff sie zaghaft nach seinem schlaffen Penis und bewegte ihn hin und her, bis er eine nicht besonders vertrauenswürdige, wankende Härte erreichte. Herb Senior war ungeschickt, Magdalena hatte eine gewisse anatomische Versiertheit erwartet, aber er brauchte beide Hände, um seinen Penis einzuführen. Sie vergrub den Kopf in seiner Halsbeuge, weil sein Atem zu stark nach Whisky und Zigarren roch. Danach gingen sie beide auf die Toilette, und sie konnte ihn im Gästebad hören, wie er seine Blähungen in die Freiheit entließ. Immerhin hat er sie bis jetzt zurückgehalten, dachte Magdalena, während sie dem zähen, fadenartigen Sperma zusah, das langsam ihrem Unterleib entwich.

DER MANN NAMENS Klaus liebte seine Wohnung, denn dort war alles perfekt auf ihn abgestimmt. Er besaß vier Tassen, drei Gläser, sechs Teller – drei kleine und drei große. Für Schalen hatte er ein Faible entwickelt, er mochte deren Multifunktionalität, daher hatte er gleich acht Stück, alle unterschiedlich groß.

Jeden zweiten Tag erledigte er den Abwasch, indem er zuerst das Besteck einweichte, dann die Gläser, die Teller, zum Schluss die dreckigen Töpfe und Pfannen abrieb. Danach spülte er alles gründlich ab, ließ es lufttrocknen und polierte vor dem Einräumen mit einem weichen Tuch nach.

Er hatte einen Staubsaugerroboter, einen Handsauger und einen Staubwedel mit Teleskopstange, mit dem er sogar mühelos die Spinnweben an der Decke entfernen konnte. Sein Bodenwischer besaß einen integrierten Tank, so konnte er den Boden mit geringem Aufwand wischen, und das vor allem, ohne seine Bandscheiben zu strapazieren. Kleinstverschmutzungen des Fußbodens behandelte er mit etwas Spucke und der Unterseite seiner Socken, so viel Disziplinlosigkeit erlaubte er sich doch hin und wieder.

Für das Badezimmer hatte er sich bei einem Shoppingsender spezielle Mikrofasertücher bestellt. Nach jeder Benutzung polierte er die Armaturen nach, somit musste er das Bad nie gründlich putzen. Den Mischhebel des Wasserhahns betätigte er grundsätzlich nur mit dem Handgelenk, um feuchte Abdrücke zu vermeiden, und vor dem Stuhlgang kleidete er die Kloschüssel mit Papier aus, um Anhaftungen zu verhindern und die Klobürste keimfrei zu halten. Sein Kühlschrank und sein Backofen waren selbstreinigend.

Der Mann namens Klaus hatte sein Leben höchst effizient organisiert, nur wusste er jetzt mit der vielen freien Zeit nichts anzufangen, außer sich in das Lautsprechersystem der Nachbarn zu hacken und deren Musiklautstärke langsam auf für ihn erträgliche Maße herunterzuregeln. Er hatte die sichere Methode entwickelt, die Lautstärke alle drei Minuten um einen Klick zu reduzieren, einzeln so gut wie nicht nachweisbar, aber in Summe recht effektiv. Die Nachbarn liebten momentan Italo Pop, eine Tatsache, die dem Mann namens Klaus schwer zu schaffen machte.

Er konnte viel ertragen, aber wenn er mehrmals täglich *Azzurro* hören musste, dann kroch eine vage Todessehnsucht in ihm hoch, derer er schwer Herr wurde. Heute war einer dieser Tage, an denen die Nachbarn wieder einmal zur Maßlosigkeit neigten. Das Album der größten Hits von Adriano Celentano war zur Gänze durchgelaufen und fing gerade wieder von vorne an.

Azzurro
il pomeriggio è troppo azzurro
e lungo per me.

Der Mann namens Klaus drückte einmal kurz auf den Lautstärkeregler seines Handys. Die Musik wurde leiser, ganz wenig, denn sie drang immer noch durch die Wohnzimmerwand zu ihm herüber.

Mi accorgo
di non avere più risorse
senza di te.

Er schaltete seinen Fernseher ein. Dann drückte er noch einmal auf den Lautstärkeregler des Handys. Die Musik fing an, sich mit dem Ton des Fernsehers zu vermischen. Unerträglich überplärrte Adriano Celentano einen Fernsehsprecher mit wohltuender Bassstimme.

E allora
io quasi quasi prendo il treno
e vengo, vengo da te.
Ma il treno dei desideri
nei miei pensieri all'incontrario va.

Er stellte den Ton des Fernsehers lauter und atmete auf. Es war nichts mehr von drüben zu hören, er vernahm nur mehr den Nachhall seiner eigenen Aufregung. Jetzt musste er sich zwar eine Dokumentation über die Herstellung von Limoncello an der Amalfiküste ansehen, aber das war es ihm wert.

ER HATTE WIDER Erwarten drei Leben gerettet im Laufe seiner Karriere und zum Lohn diese gottähnliche Zufriedenheit verspürt und eine Keramiktasse bekommen, gefüllt mit alkoholfreien Pralinen und bemalt mit einem grauen Hirsch. Das war nicht nichts. Eigentlich hatte er sogar sieben Leben gerettet, wenn er die Föten dazuzählte.

An den ersten Notfall erinnerte sich Herb Senior genau, denn die darauffolgenden Lebensrettungen hatten ihm nie wieder solch intensive Gefühle verschafft, sie dienten eher einer Art frisch bebilderter Wiederholung.

Eine Frau, schwanger mit Zwillingen, wurde direkt von seiner Praxis mit dem Notarztwagen ins Krankenhaus gebracht. Sie hatte sich mit letzter Kraft zu ihm geschleppt, da sie dort tags zuvor mit ihren Beschwerden nicht ernst genommen und sogar ohne Bluttest nachhause geschickt worden war. Weinend saß sie vor ihm und sagte, dass sie seit Tagen kaum geschlafen habe und diese stechenden Oberbauchschmerzen sie bald in den Wahnsinn treiben würden.

Herb Mazur Senior wusste sofort, was zu tun war. Er schickte eine der drei Sprechstundenhilfen in die Apotheke, um Blutdrucksenker zu besorgen, ließ parallel dazu ein CTG schreiben, dessen Befund unauffällig und ohne Wehentätigkeit war, und verabreichte der Frau danach das genau rechtzeitig eingetroffene Medikament, da sie schon lallte und nach eigenen Angaben verschwommen sah. Er rief die Oberärztin ihres Wahlkrankenhauses an und verpasste ihr ein verbales Klistier von beeindruckendem Feinschliff. Wenn er bloß immer zu solch eleganten Schmähreden fähig gewesen wäre, ein Traum war das, wie er gänzlich unantastbar aus der Position des Rechthabenden streng und gütig agieren und trotzdem auf das Schärfste zur Eile mahnen konnte. Ein Retter war er. Die Oberärztin versuchte, sich die Panik nicht anmerken zu lassen, und versprach, unverzüglich einen OP zu präparieren, aber an ihrer Stimme merkte er, dass sein Anruf die erwünschte Wirkung zeigte. Das eiligst erstellte Blutbild aus dem Labor überflog er nur kurz und zitterte vor Erregung darüber, dass er sogar die Anzahl der stark reduzierten Thrombozyten richtig geschätzt hatte. Er hatte die Ernsthaftigkeit der Lage schon an der Patientin gesehen, bevor ihr das Blut abgenommen wurde, dieser fadenartige Blick, der überall hängen blieb, aber keine geraden Linien mehr ziehen konnte, dieser Blick war eine der Eigenheiten, die Lebensgefahr mit sich brachte.

»Wir müssen die Schwangerschaft jetzt abbrechen«, sagte er zu seiner immer kleiner werdenden Patientin mit dem Zwillingsbauch. Er entschied sich bewusst für eine derart drastische Wortwahl, das »abbrechen« sollte die vorhandene Dramatik noch extra steigern, denn Herb Senior stellte in diesem Moment mit Verwunderung fest, dass ihm die Unsicherheit seiner Patientin tiefe Befriedigung verschaffte. Sie riss entsetzt die Augen auf, wagte keinen Widerspruch.

»Nur keine Angst, Sie dürfen jetzt nicht panisch werden, aber Sie haben ein akutes HELLP-Syndrom, das ist eine komplizierte Form der Schwangerschaftsvergiftung, davon haben Sie sicher schon mal gehört. Wir müssen daher sofort die Geburt einleiten«, fügte er milde hinzu, denn er wollte es nicht mutwillig übertreiben mit der Paniksteigerung bei einer Frau, deren Körperfunktionen zu keiner Blutgerinnung mehr fähig waren.

Er drückte ihr die Hand und wünschte ihr alles Gute, als die Sanitäter sie auf die Krankentrage betteten. Dann händigte er ihnen die wichtigsten Papiere für das Krankenhaus aus und hielt ihnen die Praxistür auf. Die Frau hatte schweißnasse Hände gehabt, er konnte ihre Angst spüren wie einen Defibrillator gegen die Gleichförmigkeit seiner Existenz.

Herb Mazur Senior wickelte ein Zuckerl aus dem Papier, Ananasgeschmack, steckte es in den Mund und dachte daran, dass eines der Kinder bei diesem frühen Geburtstermin wohl mit Bleibeschäden zu rechnen hatte, rein statistisch betrachtet.

KARIN STAND AM Kosmetikcounter im Erdgeschoß des Kaufhauses und reinigte die Tester. Jemand hatte in typischer Probierlaune Unmengen an Handcreme herausgedrückt und damit das halbe Display verschmiert, dessen Plexiglasfächer fast unmöglich zu säubern waren. Hauptsache gratis, dachte Karin und errötete leicht bei der Erinnerung an die zwei Tage, an denen sie letztes Jahr wegen eines Ganzkörperausschlages nicht hatte arbeiten können. Offiziell hatte sie sich aufgrund eines neurodermitischen Anfalls krankgemeldet, aber in Wirklichkeit wusste sie genau, dass ihre Haut allergisch auf eine Überdosis der momentan teuersten Bodylotion auf dem Markt reagiert hatte. Die Lotion war mit Algenextrakten und einer speziell gezüchteten Gerstenart angereichert, Karin war täglich mit dem Testspender auf die Personaltoilette geschlichen, hatte dort ihre Uniform ausgezogen und sich von oben bis unten eingecremt. Sie hatte gehofft, das viel beworbene Produkt würde ihre leichte Cellulite mildern, stattdessen hatte sie nach einer Woche überall rote Quaddeln entwickelt. Offenbar war die Lotion für sparsamen Gebrauch konzipiert, kein Wunder, kostete der Tiegel doch stolze 400 Euro.

Karins Mund war trocken. Die Abteilungsleitung hatte ihren Angestellten verboten, während der Arbeitszeiten zu trinken, das sehe undiszipliniert aus und sei schädigend für das dienstleistungsorientierte Image des japanischen Konzerns. Vor Kurzem hatten alle Verkäuferinnen neue Uniformen bekommen, mit kleinen roten Halstüchern, wie Stewardessen einer Airline, die Flüge zurück in die Jugend versprach. Karin mochte das Halstuch gar nicht, noch weniger als die Stützstrumpfhosen, in die sie sich jeden Morgen hineinquetschte, um nicht lange vor der Zeit die krampfadernübersäten Beine einer alten Frau zu bekommen.

Im Familienforum machte sie immer Werbung für die vielversprechendsten Produktneuheiten und freute sich, wenn der Umsatz in der ganzen Stadt merkbar anstieg. Das konnte sie gut, andere mit ihrer Begeisterung anstecken, heimlich führte sie genau datierte Listen und arbeitete an einer Statistik, die die kausalen Zusammenhänge zwischen ihren Produktbewerbungen und dem steigenden Umsatz dokumentieren sollte. Sie hatte den Ruf der Kosmetikspezialistin im Forum, auch wenn es einzelne missgünstige Stimmen gab, die außer Olivenöl und Nordwind nichts an ihre naturgegerbte Haut lassen wollten. Sich selbst zu verschönern wurde je nach Tagesverfassung als unlauterer Wettbewerb oder feministischer Rückschritt gesehen, aber Karin bezweifelte stark, dass die Olivenölabteilung nur einen Schritt weiter war als der Rest der Frauenwelt.

MAGDALENAS ERSTER IMPULS war, sich zuerst wieder in einen nüchternen Zustand zu versetzen, die gewohnte Nahrungszufuhr einzustellen und die Salami zurück in den Kühlschrank zu packen, nachdem sie das heruntergeschnittene Wurststück mit Erfolg auf verdächtige Manipulationen geprüft hatte. Sie warf es in den Mistkübel und bedeckte es zur Sicherheit mit einer Schicht zerknüllter Küchenrolle. Ein klarer Kopf denkt am besten, dachte Magdalena und fragte sich, aus welcher Werbung sie diese stumpfe Weisheit extrahiert hatte. Ihre Finger presste sie zu Fäusten zusammen, um das aufkommende Zittern zu bekämpfen.

Sie verbrachte den Tag wie so oft vor dem Fernseher, zupfte sich hin und wieder eine schwarze Feder vom Kragen des Morgenmantels, die sie unangenehm in den Hals stach, und bemühte sich, die aufsteigende Unruhe zu unterdrücken, als sich die letzten Schleier von ihrer Wahrnehmung verzogen. Sie hörte die Autos unten auf der Straße, das laute Aufheulen der Sportwagen, wenn die Ampeln auf Grün schalteten, sie zuckte zusammen, als ein Flugzeug ihr für eine halbe Sekunde das Tageslicht raubte, während es am Dachfenster vorbeiflog. Magdalena war noch nie aufgefallen, wie oft Einsatzfahrzeuge mit eingeschalteten Sirenen an ihrem Wohnhaus vorbeifuhren, als wäre die ganze Stadt durchgehend in Nöten.

Die Reflexionen ihres Fernsehers begannen sie zu stören, blickte sie doch immer häufiger in ihr eigenes starres Antlitz anstatt in harmonisch gecastete Familienleben. Ihr Spiegelbild störte das gewohnt behagliche Programm, es wollte ihr einfach nicht gelingen, die ersehnten klaren Gedanken zu fassen, die folgenden Stunden schmierten sich völlig ereignislos hinein in ihre jüngste Vergangenheit, und plötzlich bemerkte sie neben sich die Kontur ihres Mannes, der offenbar eben nachhause gekommen war, ungehalten vor dem Sofa mit den Füßen scharrte und mit seinen Fingern den obersten Knopf des Polohemds öffnete. Magdalena lächelte ihn an, überraschenderweise auch heute nicht unaufrichtiger als sonst, dazu zwang sie sich, während sie seit Langem einmal wieder eingehend sein Gesicht studierte, in dem der obsessive Schweinefleischgenuss der letzten Jahrzehnte eine weit verästelte Landkarte an roten Äderchen hinterlassen hatte.

»Was bestellen wir heute zu essen, ich hätte Lust auf Paniertes«, sagte dieser Mann, der Beruhigungsmittel in Salamis einarbeitete, und ließ sich neben sie auf das Sofa fallen. Seine laute Stimme schmerzte sie in den Ohren, und sein Gewicht drückte die Sitzfläche so nach unten, dass sie zu ihm zu rutschen drohte.

»Wollen wir Schnitzel bestellen«, fragte er und Magdalena zuckte mit den Schultern. Ihr Kopf dröhnte und sie fand es erschreckend, dass ihr der Gedanke kam, zum Kühlschrank zu gehen und ein bescheidenes Stück von der Salami zu essen. Ein klitzekleines Stück würde wahrscheinlich gar keinen Unterschied machen, aber Magdalena wusste sich zu beherrschen.

DER MANN NAMENS Klaus sah immer, bevor er die Wohnung verließ, exakt fünf Minuten lang durch seinen Türspion, in der Hoffnung, Karin von gegenüber im Stiegenhaus anzutreffen. Meistens hatte er kein Glück, aber wenn doch, dann erlitt er einen kurzen Schock, bevor er schwungvoll die Tür aufriss und einen lauten, auf die Tageszeit abgestimmten Gruß aussprach. Diesen kurzen Schock konnte er etwas abmildern, indem er Karin nicht beim Nachhausekommen, sondern beim Verlassen der Wohnung erwischte. Denn das konnte man einige Sekunden vorab voraussagen anhand der durch ihre Pumps verursachten Erschütterungen, die den grünen Plastikkranz leicht zum Zittern brachten, der seit Weihnachten seine LED-Lichter an ihrer Wohnungstür absterben ließ, und konnte sich mental auf die Begegnung vorbereiten. Der Mann namens Klaus mochte alles an Karin, ihre rotblonden Haare genauso wie die starken Sommersprossen, die sich über ihren ganzen Körper verteilten, zumindest malte er sich das (in seinen Tagträumen) so aus. Sie hatte sich damals bei ihrem Einzug persönlich bei ihm vorgestellt, was ihn beeindruckt hatte, denn den Rest der Hausbewohner kannte er nur vom Sehen, da war niemand an näherer Bekanntschaft interessiert.

Leider war der Kontakt danach eingeschlafen, nur einmal hatte sie ihn noch in ihre neu eingerichtete Wohnung zum Kaffeetrinken eingeladen. Er wollte lieber Pfefferminztee, sie hatte keinen vorrätig, die Unterhaltung verlief schleppend und wurde immer wieder durch ihre vorlaute kleine Tochter Helene gestört.

»Warum hast du oben auf deinem Kopf nur mehr so wenige Haare?«, hatte Helene gefragt und ihr hinterhältiges Grinsen ließ den Mann namens Klaus davon ausgehen, dass dieses kleine Mädchen offenbar ein gesteigertes Interesse daran hatte, ihn vorzuführen.

»Geh, Helene, du weißt genau, warum. Der Salzburg-Opa hat dir das doch erklärt!«, hatte Karin lachend geantwortet. Der Mann namens Klaus lachte herzlich mit.

Er nahm zur inneren Beruhigung einen Schluck aus seinem Wasserglas, während Karin ihren Laptop öffnete und ein Zeichentrickvideo startete, um Helene ruhigzustellen. Auf ihrem Bildschirm konnte er den Namen des Familienforums erkennen, in dem er sich vor Jahren einmal aus Langeweile und anderen Gründen angemeldet hatte. Er wurde rot.

Karin erzählte vom anstrengenden Umzug nach Wien, ihrer Familie in Salzburg und ihrem ebenfalls dort ansässigen Ex-Mann, der ihren Mercedes von 50 000 auf 30 000 Euro Fahrzeugwert heruntergefahren und ihn ihr schlussendlich nach längerem Streit um 8000 Euro abgekauft hatte. In Raten. Aber sie sei so froh gewesen, diesen Versager aus ihrem Leben streichen zu können, dass sie sogar das in Kauf genommen hatte. Der Mann namens Klaus war enttäuscht von einer dermaßen durchschnittlichen Lebensgeschichte und Autowahl. Heimlich zählte er ihre Sommersprossen und stellte sich das Muster vor, das sie unter ihrer Kleidung ergeben mochten. Karin wurde langsam unruhig und gab einen Termin vor, um das Treffen zu beenden. Er kannte das, darin hatte er Übung. Leute, die einen loswerden wollten, beschleunigten ihre Bewegungen und stellten gleichzeitig den Blickkontakt fast gänzlich ein. Karin schob die Gläser auf dem Sofatisch zusammen und wischte ein paar Brösel auf den Fußboden. Egal, dachte er, ich krieg dich schon noch.

Wieder zuhause loggte er sich sofort in das Familienforum ein und begann zu recherchieren, welche der Nutzerinnen Karin sein könnte. Er sondierte nach Alter, Wohnort, Kinderanzahl. Er durchforstete das Alleinerzieherinnen-Unterforum und wurde fündig. Vor einiger Zeit hatte sich *tinkerbell* erkundigt, wie man frisch zugezogen nach Wien möglichst schnell einen Kindergartenplatz bekommen konnte. Mit klopfendem Herzen klickte er auf *tinkerbells* Profil und fing an, ihre hundert letzten Beiträge zu überfliegen. Bingo. Sie hatte eine Tochter mit einem wunderschönen dreisilbigen klassischen Vornamen, einen schrecklichen Ex-Mann, viel Ahnung von Salzburgs Gastronomieszene und sie empfahl aufdringlich häufig eine spezielle Sonnencreme mit LSF 50 für empfindliche Haut, die stark zu Sommersprossen neigte. Seine Finger zitterten und er bemerkte erst jetzt, dass er seine Hemdsärmel fast bis zum Ellenbogen hinunter vollgeschwitzt hatte.

HERB JUNIOR HATTE Georg erst verlassen, nachdem er sich sicher war, mit der Krankheit nicht länger umgehen zu können. Ihre Unheilbarkeit verleidete ihm das Zusammenleben, die immer schlimmer werdenden Schübe raubten ihm den hoffnungsvollen Blick in die Zukunft. Herb Junior war kein Unmensch, aber er hatte sich selbst verloren in dieser Liebesbeziehung, als komplett gesundem Menschen fiel es ihm einfach schwer, sich in Georgs kränkelnde Welt einzufühlen. Lange Zeit überlagerte Georgs künstlerische Potenz sein Siechtum, Herb Junior hatte ihn von Anfang an bewundert für seine Vielseitigkeit. Georg hatte Schauspiel studiert und mit Auszeichnung abgeschlossen, aber nicht nur auf der Bühne machte er eine gute Figur, er schrieb auch Theaterstücke, bisher zwei, um genau zu sein. Das erste war ein Sermon über die zerstörerische Langeweile der Wohlstandsgesellschaft und wurde im Feuilleton nur deswegen verrissen, weil die Kritiker das zynische Stilmittel der Redundanz nicht verstanden. Sie fanden es langweilig, aber eben nicht auf diese geniale Art, die Georg beabsichtigt hatte. Herb Junior musste wochenlang seine schlechte Stimmung und einen heftigen Krankheitsschub ertragen.

Georg schlief mit dem Hauptdarsteller des Stückes, weinte danach und erklärte seine Sexsucht wiederholt zum Fluch seines Lebens. Ein nicht zu überwindendes Martyrium sei diese Suche nach dem Neuen, nach dem schnelleren Puls. Und so leer fühle man sich danach. Ausgelaugt, verbraucht und beschämt. Aber er brauche das, als Künstler habe man ja die Verpflichtung, nicht zu stagnieren, Erfahrungen zu sammeln wie andere Bonuspunkte im Drogeriemarkt.

Sein zweites Stück wurde immerhin ein mäßiger Erfolg, da der verantwortliche Theaterintendant, ein väterlicher Gönner aus Georgs schauspielerischen Anfängen, von der Krankheit wusste und Mitleid mit ihm hatte. Er inszenierte das Stück gemeinsam mit Georg. Herb Junior saugte nach manchem Konzeptionsgespräch der beiden Künstler schluchzend mittellange graue Haare von seinem eigenen Kopfpolster.

Das Stück war provokant futuristisch, wurde dezent beklatscht und gespalten rezensiert. Es handelte von einem Altnazi, der im Pflegeheim seine letzten Jahre absitzend noch einen zweiten Frühling erleben darf, als er sich unsterblich in seinen Pflegeroboter verliebt, besprochen von Chris Lohner. Georg bezeichnete das Stück als vergangenheitsbewältigende Technologisierungskomödie, Herb Junior mochte in erster Linie den Klang der Stimme Chris Lohners, wenn sie »Die Fleischlaberl sind klein gemacht, keine Sorge. Ich hole Ihnen einen Bekleidungsschutz, Herr von Eberstein!« hauchte.

Die Trennung war überraschenderweise ganz ohne Dramen abgelaufen, denn Georg hatte exakt an dem Tag, an dem Herb Junior seine Sachen packte, die seltene Gelegenheit bekommen, für einen Moderationsjob vorzusprechen. Er bekam den Vertrag sofort und von nun an musste Herb Junior ihn jedes Wochenende ertragen, wenn er die Kugeln der Lottoziehung durcheinanderwirbeln ließ.

Sonntags war Herb Junior oft bei seinen Eltern eingeladen, sah sich nach den Nachrichten gemeinsam mit Herb Senior die Ziehung der Lottozahlen an und hörte von ihm jedes Mal einen fast wortidentischen Vortrag über die Dummheit der Massen, die auf diese Art Reichtum hofften, während er daran dachte, wie Georgs Freunde ihn wohl hänseln würden wegen der fliegenden Bälle. Herb Junior lief eine Gänsehaut über den Rücken, wenn er sich seinen Vater und Georg in einem Raum vorstellte. Die beiden hätten sich auf Anhieb gehasst, so viel stand fest. Der gelangweilt moderierende Georg war ihm viel zu präsent im Wohnzimmer, insgeheim wartete Herb Junior darauf, dass er nach »Und jetzt zur Zusatzzahl« einmal seelenruhig »Übrigens, mein Ex ist Frauenarzt und sein Vater hat keine Ahnung, dass er auf Männer steht« in die Kamera sprechen würde. Dieser Nervenkitzel verflog nie, auch längere Zeit nach der Trennung nicht.

HERB SENIOR WOLLTE dringend noch einen Kaffee trinken, bevor er sich bereit fühlte für den ersten Ultraschall des Tages, er ging am Wartebereich vorbei und grüßte freundlich in die hoffnungsvolle Runde unterschiedlich dick angeschwollener Bäuche. Herb Junior war schon da, er sah schrecklich aus und verschwand gerade im CTG-Raum im hinteren Teil der Praxisklinik. Der Sohn war viel größer als er, von Natur aus schlank, hatte die besten Voraussetzungen für die optische Komponente seines Berufs und füllte dennoch seinen Arztkittel mit der unglückseligen Mischung aus einer nicht vorhandenen Körperspannung und nach vorne hängenden Schultern. Heute sah er besonders niedergeschlagen aus, ein wenig so, als hätte er geweint, wahrscheinlich nutzte er die frühmorgendliche Ruhe im CTG-Raum, um sich zu sammeln. Herb Senior fand diese Vorgehensweise vernünftig und freute sich, dass sein ausbleibender Impuls, mit dem Sohn in Kontakt zu treten und dessen Befinden zu erfragen ganz wunderbar mit der rationalen Entscheidung korrespondierte, dass es besser wäre, ihn das selbst regeln zu lassen.

Am liebsten sprach er mit ihm über Randthemen der Lokalpolitik, wie die schreckliche Verschmutzung der Gehwege durch Hundekot. Da waren sie sich einig und Herb Senior stolz darauf, dass sein eigener Widerwille gegen jegliche Art von Haustieren auf den Sohn abgefärbt hatte. Es war befriedigend, den Hundehass dynastisch weiterzugeben, zu oft wurde das Stadtbild vom manischen Hang der Bevölkerung zur Tierhaltung gestört. Ebenso anregend konnten sie über die unterschiedlichen Möglichkeiten debattieren, wie konkret mit überraschendem Reichtum umzugehen wäre. Während Herb Senior mehr zu Immobilien und Edelmetallen, also einer wertbeständig konservativen Anlage, tendierte, neigte der Sohn in erster Linie zur Erfüllung seiner persönlichen Träume, wie zum Beispiel einer luxuriösen Weltreise, die hauptsächlich in Edelresorts in der Südsee stattfinden sollte. Herb Senior konnte diese kleine Diskrepanz akzeptieren, man war schließlich nur einmal jung.

Er stellte seinen Kaffee zu schwungvoll auf dem Schreibtisch ab und suchte in der Schublade nach einem Taschentuch, um das Verschüttete wegzuwischen. Das nasse Taschentuch warf er gleich in den Mistkübel, denn als hauptsächlich weiß gekleideter Mann hatte er eine Aversion gegen jegliche Art von potenziellen Fleckenverursachern. Sein Blick fiel auf die Familienfotos, die im Regal Staub ansetzten. Zwei Kinder, Sohn und Tochter, und eine Frau, schlank und gut aussehend, kaum gealtert. Herb Senior versuchte, es sich warm ums Herz werden zu lassen, aber wenn er ehrlich war, stach ihm nur der unglaublich lächerliche Haarschnitt seines Sohnes in die Augen. Magdalena mochte er gar nicht allzu genau ansehen, sie hatte die Eigenheit, auf Fotos immer irgendwie vorwurfsvoll die Augenbrauen hochzuziehen. Diesen speziellen Blick glaubte er in letzter Zeit auch in natura an ihr wahrgenommen zu haben und er hatte keine Lust, sich in der Praxis unbehaglich zu fühlen. Er drehte den Rahmen mit dem Gesicht zur Regalwand und rückte das Foto der Tochter ein wenig nach vorne. Zumindest Greta schien es gut zu gehen in Stockholm, sie hatte seit Längerem nicht mehr nach Geld gefragt.

Weil er schon davorstand, öffnete er die Tür.

»Frau Egger, bitte.«

Er schüttelte einer Hochschwangeren die Hand und spürte die Wassereinlagerungen in deren Fingern. Die Tür zum CTG-Raum war immer noch verschlossen.

KARIN WAR NOCH nicht lange genug ohne Partner, um in dem Mann namens Klaus eine ernsthafte Option zu sehen. Sie hatte sein Interesse durchaus bemerkt, es wohlwollend abgespeichert und würde im Bedarfsfall darauf zurückkommen. Objektiv betrachtet war er keine schlechte Wahl, zumindest durchschnittlich attraktiv, nicht fettleibig, seine Zähne waren zwar leicht gelb, aber wenigstens Originalbestand. Nichts, was man nicht mit ein paar Bleaching-Streifen hätte beheben können. Das buschige Seitenhaar über seinen Ohren müsste man natürlich streng einkürzen und etwas ausdünnen, denn durch den Wildwuchs wurde die Glatze unvorteilhaft betont. Vielleicht wäre die beste Lösung, die Haare überhaupt alle millimeterkurz abzurasieren und mit einer markanten Brille, auf keinen Fall randlos, einen Akzent in die Gesichtsmitte zu setzen. Mit einem derart bebrillten Mann konnte man sich schon blicken lassen, das sah nach einem Werber, einem Architekten, einem Selbstständigen aus. Auf jeden Fall nach einem Mann, der theoretisch sehr erfolgreich sein könnte.

Seine Kleidung müsste man komplett entsorgen, denn er hatte einen unglücklichen Hang zum modischen Pragmatismus, seine Hosen wurden rein aus Notwendigkeit von Gürteln oben gehalten, weil er so viele Sachen in den zahlreichen Seitentaschen transportierte. Es sah aus, als würde er ständig seinen halben Hausrat mit sich herumschleppen. Karin mochte Männer in Anzügen, schmal geschnitten, mit weißem Hemd und ohne Krawatte. Wahrscheinlich stünde so ein Anzug dem Mann namens Klaus hervorragend, denn er hatte zumindest eine stattliche Körpergröße, war locker fünfzehn Zentimeter größer als Karin, sie hatte innerlich ihr Schuhregal durchforstet und zufrieden festgestellt, dass ihre höchsten Absätze dreizehn Zentimeter maßen. Karin bezeichnete sich zwar gerne als emanzipiert, aber über ihren Partner hinauszuwachsen, dazu war sie doch nicht bereit.

Sie lag in ihrem Bett und konnte nicht einschlafen, ihre Beine pulsierten von einem anstrengenden Tag am Counter, Helene hatte schlecht geträumt, war plötzlich mit schweißnassen Haaren und der Frage, ob es denn irgendwo noch fleischfressende Dinosaurier gab, vor ihr gestanden und lag jetzt im großen Bett, jede aufkeimende Schläfrigkeit Karins mit einem Tritt in ihre Rippen oder Halsbeuge vertreibend. Sie rotierte im Bett wie ein Uhrzeiger und änderte ihre Position immer so ruckartig, dass sie Karin dabei fast einmal die Nase gebrochen hätte.

Helene war ein Problem. Das konnte sich Karin nicht schönreden, seit sie ein Kind geboren hatte, waren ihre Möglichkeiten auf dem freien Markt drastisch gesunken. Die Männer, die sie hätte kennenlernen können, waren entweder selbst gebunden oder nicht interessiert an bereits vorhandenen Kindern, die das Alter der Niedlichkeit eindeutig überschritten hatten. Ihre Tochter war kein einfaches Kind, sie stellte zu viele Fragen und lachte dafür zu wenig. Früher hatte sie diese störenden Eigenschaften gut kaschiert mit entzückenden Flechtfrisuren, aber mittlerweile war schon schlichtes Frisieren am Morgen ein Drama.

Der Mann namens Klaus hatte den entscheidenden Vorteil einer eigenen Wohnung direkt gegenüber. Trotzdem, er war eigenartig, ein Starrer, ein Kaffeeverweigerer, kein Naturtalent im Umgang mit Kindern. Karin beschloss, mit dem realen Umstyling zuzuwarten und sich noch Zeit zu geben. Eineinhalb Stunden später schlief sie endlich ein, um gleich wieder von Helene geweckt zu werden, die weinte, weil sie aus dem Bett gefallen war.

MAGDALENA LAG IM Bett und dachte daran aufzustehen. Ganz fest dachte sie daran und war enttäuscht, dass es dadurch nicht von selbst passierte. Sie müsste nur die Decke zurückschlagen, die kühle Luft an ihren nun ungeschützten Beinen ertragen und die Füße auf den kalten Boden stellen. Sie müsste diese Kälte ausblenden und stoppen, bevor sie das Herz erreichte. Sie müsste einen Fuß vor den anderen setzen, links zuerst, wie es ihrer gesamten Polung entsprach, und den leichten Schwindel ausgleichen, ohne sich an der Wand abzustützen. Sie würde das Schlafzimmer verlassen und die Luft draußen atmen, die unverbrauchte Luft, die ihr in den Kopf schießen würde. Sie würde sich gegen die Gedanken wehren, die unweigerlich auftauchten, wenn der Kopf belüftet wurde.

Magdalena drehte sich um, mit Schwung, langsam war es nicht mehr möglich, denn sie lag immer an derselben Stelle des übergroßen Bettes und hatte eine tiefe Mulde in die Matratze gedrückt. Ein kalter Luftschwall kroch unter die Bettdecke und erwärmte sich sofort auf das Angenehmste. Den Körper einmal gewendet sah die Welt gleich ganz anders aus. Magdalena schnupperte an ihrer Schulter, sie würde wohl nie aufhören nach Säugling zu riechen, und dieser Geruch begleitete sie in einen unruhigen Schlaf.

Im Traum wanderte sie an der Seite eines recht ungeduldigen Pagen durch ein beeindruckendes altes Hotel, Jugendstil höchstwahrscheinlich, das völlig unpassend mit hochmodernen riesengroßen Panoramafenstern ausgestattet war, die wie gläserne Wunden auf Scheußlichkeiten der Industrie, auf Lagerhallen, Müllhalden in Hinterhöfen und Verladestationen zeigten. Magdalena wanderte von Stockwerk zu Stockwerk, in der immer verzweifelteren Erwartung, endlich ein schön beleuchtetes Städtepanorama präsentiert zu bekommen, und stellte sich minutenlang vor jedes einzelne Fenster, obwohl der Page sie hartnäckig vorantrieb. Nirgends ein schöner Ausblick.

»IHRE ELTERN WOHNEN auch hier«, sagte der Nationalratsabgeordnete der komplett unwählbaren Partei und störte
damit die Stille im Lift auf eine überraschend angenehme
Weise. Sein Hund schnüffelte an Herb Juniors Schuhen und
hinterließ feuchte Nasenabdrücke auf dem matten Glatt-
leder. Da es eine schlichte und treffende Feststellung war,
wollte Herb Junior eigentlich gar nichts darauf antworten,
aber er mochte das Parfum des Nationalratsabgeordneten
viel zu sehr, um die Situation totzuschweigen, obwohl er
sonst um blumige Kopfnoten einen großen Bogen machte
und nicht ausschließen konnte, dass der Duft nur nach Fla-
kon ausgewählt war. Herb Junior wollte dem echten Leben
wieder einmal eine Chance geben.

»Genau, seit vor meiner Geburt, ich bin dann runterge-
zogen nach dem Studium, ein bisschen Abstand schadet
ja nie«, antwortete er und ärgerte sich sofort über seine
kratzige Stimme und die Banalität der gewählten Worte. Er
war zu keinem Zeitpunkt seines Lebens auch nur durchschnittlich geschickt gewesen im Umgang mit fremden
Menschen, die joviale Art des Vaters hatte ihn schon als
Kleinkind abgestoßen und von der Mutter gab es diesbezüglich nichts zu lernen. *Mandarino di Amalfi* schien ihm
den Kopf vernebelt zu haben. Der Lift fuhr quälend langsam und Herb Junior sah dem Nationalratsabgeordneten
für abgezählte zwei Sekunden direkt in die Augen, um sich
nicht vollkommen zu blamieren. Egal.

»Ist das *Mandarino di Amalfi* von Tom Ford?«, fragte er
und der Nationalratsabgeordnete nickte lächelnd.

Der Hund saß nun auf dem Boden, ein Bein hinter dem
Ohr, und leckte seinen Intimbereich. Mit einem langsamen letzten Ruck, der Herb Junior leicht den Magen aus-
hob, kam der Lift endlich zum Stehen.

»Ich bin heute Abend in der Persephone Bar, vielleicht
haben Sie ja Lust vorbeizukommen«, sagte der Nationalratsabgeordnete und zog sein vibrierendes Handy aus der
Manteltasche.

»Komm schon, Albi«, sagte er zu seinem immer noch mit Körperhygiene beschäftigten Hund, stellte einen Fuß in die sich wieder schließende Lifttür und riss grob an der Leine. Er nickte Herb Junior zu und klemmte sein Handy mit einem ungeduldigen »Ja, was ist los?« zwischen Ohr und Schulter. Albi, dachte Herb Junior und blieb noch für einen Moment im Lift stehen, Albi kommt wahrscheinlich von Alberich. Warum eigentlich nicht.

ER HATTE SICH längst mit seiner sexuellen Vorliebe für Verletzlichkeiten aller Art abgefunden, wusste aber, dass andere das irritierend oder gar abstoßend fanden, und hatte sich im Laufe der Jahre zur Befriedigung seiner Bedürfnisse mehr und mehr ins Onlineleben zurückgezogen. Der Mann namens Klaus hatte früher etwas Geld als Fotograf verdient, mit überschaubarem Erfolg, denn seine Arbeiten waren nicht mehr als dritte Aufgüsse der Visionen echter Fotokünstler und obendrein technisch nur mittelmäßig umgesetzt. Er bekam die Unschärfen nie unter Kontrolle, wenn seine körperliche Erregung stieg. Am liebsten fotografierte er die ganz frischen Models mit wenig Erfahrung, bei ihnen schaffte er es am schnellsten, sie in einen Zustand der größtmöglichen Verunsicherung zu versetzen. Er gab dazu sehr viele, sehr konkrete Anweisungen und drückte ununterbrochen auf den Auslöser, damit das klickende Geräusch eine subtil gehetzte Grundstimmung erzeugte.

Finger zusammen, Kopf leicht nach links, Augen zu mir, nur die Augen, der Kopf bleibt, Haare durchwuscheln, wilder, ich muss die Finger sehen, Körperlinie lang halten, wieso liegt das Knie so komisch, das muss locker sein, nicht gestellt, authentisch, ich will dich sehen, keine Pose, wer bist du?, zeig dich.

So fotografierte er erst einmal eine ganze Fotostrecke nach seinem persönlichen Geschmack, um plötzlich damit anzufangen, jede Bewegung des Models enthusiastisch zu loben und das Mädchen in seiner Erleichterung so aufzulockern, dass schlussendlich doch noch ein paar brauchbare Bilder für den Kunden geschossen werden konnten.

Nach dem Shooting zweifelte das Mädchen gleichermaßen an ihrer Kinnlinie wie an ihrem Talent, überzeugend die totale Belanglosigkeit darstellen zu können. Der Mann namens Klaus ging nachhause, lud sich die Fotos vom Beginn des Shootings auf seinen Computer und zoomte in die Augen des Models. Mit etwas Glück fand er dort alles, was er brauchte: Angst und leichten Ekel. Unsicherheit und eine wieder zum Kind zerbröckelnde Weiblichkeit. Verzweiflung und den trotzigen Versuch, etwas Tiefsinn in einen Blick zu mischen, der leerer kaum sein konnte.

Leider verdiente er mit seinen Bildern nur wenig und irgendwann blieben die Aufträge ganz aus, einzig ein Serviettenhersteller buchte ihn einmal jährlich zum Sommerfest der Firma, um dort peppige Mitarbeiterfotos für die Website zu schießen. Auf dem Fest stand er herum wie ein Fremdkörper und staunte über die vielfältigen Möglichkeiten, in einem Sommerkleid lächerlich jugendversessen auszusehen. Er fotografierte die anwesenden Damen gerne von hinten, aus dieser Perspektive konnte man die schrecklichen Auswüchse verschiedener BH-Trägervarianten am besten für die Ewigkeit dokumentieren. Durchsichtige Plastikträger von erlesener Scheindezenz, die sich dadurch selbst vernichtete, dass die Träger so offensichtlich schmerzhaft in die Haut schnitten und den Schweiß mit ihrer Saugunfähigkeit der Öffentlichkeit präsentierten wie farblose Hinterglasmalerei. Der Mann namens Klaus aß ein paar Würstel, blätterte lustlos durch die Designs der neuen Serviettenkollektion und lächelte nur, weil er dafür bezahlt wurde. Der Geschäftsführer des Konzerns war irgendwann dem Irrtum aufgesessen, mit ihm einen vielversprechenden Modefotografen unter Vertrag zu haben, und hielt daran mit großer Euphorie fest, indem er jedes Jahr stark angeheitert »Geschichten aus der Modewelt« hören wollte, die der Mann namens Klaus hervorragend abwechslungsreich erfand.

Dieses langsame berufliche Absterben war zwar schmerzlos, aber nichtsdestotrotz schade, denn er hatte gerne regelmäßig frische Bilder, Verletzlichkeit nutzte sich schnell ab, und so probierte er es eine Zeitlang auf eigene Initiative im Bereich der Amateurmodels, gab dies aber schnell wieder auf, da deren Resignation und Routine beim Posieren abstoßend auf ihn wirkten. Egal wie viele Anweisungen er gab, sie wurden problemlos umgesetzt und die Blicke an- und

ausgeknipst im Gleichtakt mit dem Auslöser der Kamera.
Nichts konnte er finden, gar nichts, auch wenn er noch so
sehr in die Augen zoomte, zuhause am Computer.

Als er sich unter falschen Angaben im Elternforum registrierte, wusste er nicht genau, was er sich davon eigentlich versprach. Er folgte mehr einem Gefühl, denn ihm war
warm geworden beim Durchlesen der öffentlich sichtbaren
Beiträge über strapazierte Paarbeziehungen, übergriffige
Schwiegermütter und Kinder, die partout nichts Besonderes sein wollten. Es war zwar nicht zu vergleichen mit den
frischen Models, aber es gab bei jeder Jungmutter diesen
Punkt, an dem ein Teil ihres früheren Ichs zerbrach, und
für manche war das mit seelischen Schmerzen verbunden,
die der Mann namens Klaus liebevoll herausfilterte und
separat abspeicherte. Er hatte einen Ordner mit Beiträgen
angelegt, die ihn in ihrer offensichtlichen Darstellung von
Verletzlichkeit anzogen. Sie waren ganz unterschiedlich,
stilistisch und thematisch weit gestreut, von derben Flüchen über die magersüchtige Schwägerin bis hin zum gutbürgerlich verzweifelten Festklammern am Grundrezept
der einzig wahren Pasta asciutta, aber sie hatten alle gemein, dass er aus ihnen eine tiefe Verzweiflung und Unsicherheit erspüren konnte. Manchmal mischte er sich unter
die Antwortenden, provozierte ein wenig und versuchte,
die Verzweiflung zu steigern, was ihm fast immer misslang,
da die Nutzerinnen dann sofort dichtmachten und die feinen unschuldigen Nuancen in wüsten Beschimpfungen
untergingen.

Von *tinkerbell* hatte er tatsächlich schon einmal einen
Beitrag abgespeichert. Das war drei Jahre her und er fand
diesen Zufall so gelungen, dass sein Innerstes gleich noch
ein Stück näher zu Karin rückte.

*hallo zusammen, tut mir leid, dass ich mich so lange nicht
mehr hier gemeldet habe. ich kämpfe zur zeit mit meinen gedanken und muss alles auf die reihe bekommen. am wochenende hat mir mein mann gebeichtet, dass er mich drei mal*

mit seiner arbeitskollegin betrogen hat. ich kenne die frau nicht. einmal auf einer firmenfeier, angeblich eine b'soffene g'schicht. dann ist er mit ihr fortgegangen, hat mir aber er-zählt, dass er arbeitskollegen trifft. und das dritte mal ist er mit ihr auf urlaub in die steiermark gefahren, sogar über unseren hochzeitstag, den hatte er nämlich vergessen. mir hat er gesagt, dass er auf geschäftsreise muss. ich bin so trau-rig und wütend, diese lügen sind für mich am schlimmsten. unsere tochter ist dreizehn monate alt und eigentlich woll-ten wir demnächst anfangen, an einem geschwisterchen zu basteln. dieser mann hat mich so verletzt und ich liebe seine guten seiten noch immer. es ist, als hätte man mich vor einen lastwagen gestoßen, und jetzt liege ich da, habe es überlebt und weiß nicht, was genau alles verletzt ist, weil ich mich nichts zu bewegen trau vor lauter angst.

Das hatte also Karin geschrieben, die Karin, deren Som-mersprossen er am liebsten zu Sternbildern verbinden würde. Der Mann namens Klaus war begeistert.

NIEMANDEM WAR AUFGEFALLEN, dass Magdalena kein Wort mehr sprach, diese Situation hatte sich vor einigen Jahren einfach so ergeben. Im Gegenteil, die Tatsache, dass aus ihrem Körper kein Laut drang, wirkte regelrecht organisch. Zuerst sprach sie immer weniger und das Wenige langsamer, sie zerdehnte die Worte, verschiedenste Tonlagen mischten sich in einen einzelnen Satz, ähnlich einer Sprechpuppe mit schwachen Batterien. Das war Magdalena peinlich, sie begann, ihre Besorgungen online zu erledigen, da sie sich auf den Klang ihre Stimme nicht mehr verlassen konnte. Sie kratzte im Hals wie ein Fremdkörper, und Magdalena mochte es nicht, wenn sie andere Menschen irritierte. Jedes Aufnehmen einer noch so kleinen Konversation verursachte ihr einen stechenden Schmerz in der Kehle. Dieser Zustand dauerte nicht lange, denn plötzlich begannen ihr einzelne Wörter abzureißen, mittendrin beim Aussprechen, ein Knick und sie wurden porös, verloren jegliche Aussagekraft.

»Gibst du mir die Butt–«, sagte Magdalena eines Sonntagmorgens beim Frühstück und Herb Senior reichte ihr die Wochenendbeilage der Tageszeitung.

»Du musst den Immobilienteil lesen, ich bin ja schon seit Ewigkeiten der Meinung, dass wir in Vorsorgewohnungen investieren sollten. Mikroapartments sind die Zukunft, jetzt kann man damit noch richtig hohe Renditen erzielen, bevor alle anderen auch auf die Idee kommen.«

Herb Senior nahm einen Schluck Kaffee. Auf seiner Lieblingstasse war ein grauer Hirsch aufgemalt. Ein alterndes Alphatier, niedergedrückt vom Gewicht seines Geweihs, dachte Magdalena und fand, dass das Denken komplett unterbewertet wurde. Sie nahm die Butterdose, die Dose klapperte, sie schnitt ein viel zu großes Stück von der Butter ab und beschloss, das Reden endgültig einzustellen.

ES WAR NICHT SO, dass Herb Senior nicht früh bemerkt hätte, dass seine Frau zu einer unerklärbaren Antriebslosigkeit neigte, regelmäßig unterbrochen von hysterischen Schüben, er hatte diese Eigenschaften sogar fast anziehend gefunden, solange sie noch nicht jeden Bereich seines sozialen Lebens durchsetzten. Die beiden Kinder hatten sie zwar wie erhofft knapp zwei Jahrzehnte in der häuslich repräsentativen Spur gehalten, aber je unabhängiger sie wurden, desto mehr zog sich Magdalena zurück. Manchmal verließ sie das eheliche Schlafzimmer wochenlang nur für ihre Grundbedürfnisse. Herb Senior entdeckte in diesen Phasen die schwarzen Federn ihres Morgenmantels ausschließlich im Badezimmer und vor dem Kühlschrank, in dem hauptsächlich die Wurstwaren fehlten, seltener etwas Milch. Sie ernährte sich von Wasser und Wurst, hauptsächlich italienischer Stangensalami. Sie ernährte sich auch von den Tabletten, die Herb Senior regelmäßig pulverisierte und in die Fettaugen der Salami strich. Dazu höhlte er diese aus, vermengte die weiße Masse mit dem Pulver und strich sie wieder zurück in die Wurst, wie ein Maler, der Bohrlöcher verspachtelte. Er wollte mit den Beruhigungsmitteln der Hysterie entgegenarbeiten, die von der Gattin regelmäßig Besitz ergriff und der er hilflos gegenüberstand, denn Gewalt war keine Lösung.

Einmal hatte sie mit Spaghetti geworfen, kreischend mit der ganzen Hand in die Schüssel gegriffen und einen Strauß sich schlängelnder, soßenspritzender Nudeln an die Wand geschleudert. Herb Senior musste ihr die Brandblasen auf der Handinnenfläche versorgen und das Esszimmer neu ausmalen lassen, noch Wochen später fand er in der Zimmerpalme zu grotesken Formen getrocknete Nudelgebilde und er beschloss, sich und seiner Frau das Zusammenleben angenehmer zu gestalten. So besorgte er sich Beruhigungsmittel und machte nicht den Fehler, Magdalena zur Einnahme überreden zu wollen.

Er wusste natürlich, dass sein Verhalten falsch war, er nahm das zumindest an aufgrund der Tatsache, dass er mit niemand darüber sprechen mochte. Die Tabletten mischte er nur wenn Magdalena schlief in die Salami, scheinbar heimlich, auch wenn er vor sich selbst dabei gerne eine gewisse Leichtigkeit bewahrte und aus dem Mörser springende Tabletten mit einem »Na, du widerspenstiges Scheißerchen!« bedachte. Ein wahrer Bösewicht würde wohl nicht so locker kommunizieren, sondern im Halbdunkel agieren, mit verschlagen zusammengekniffenen Augen.

Auch sah Herb Senior sein Handeln fast altruistisch motiviert, denn bloß weil er die positiven Aspekte der Sedierung durchaus genoss, musste das nicht die zugrundeliegende Absicht der Besänftigung seiner Gattin abwerten. Magdalena war unter behutsamer Medikation viel umgänglicher, er mochte diese feminine Weichheit in ihrem Gesichtsausdruck, wenn die Wirkung der Tabletten ihren Höhepunkt erreichte. Kein skeptisches Hochziehen der Augenbrauen mehr, kein nervöses Herumrutschen auf dem Sofa, wenn er von Patientinnen erzählte, sondern die völlige Hingabe als Zuhörerin, das wusste Herb Senior sehr zu schätzen. Selbst ihre Zornesfalte profitierte von der Ruhigstellung, sediert sah Magdalena um Jahre jünger aus, wie er zufrieden feststellte.

NICHT MEHR ZU sprechen schränkte Magdalena im Alltag weitaus weniger ein, als sie angenommen hatte. Nachdem der kalte Buchstabenentzug überstanden war, sie nicht mehr bei jeder Aufregung gurrende Laute oder gar eine Silbe produzierte, die Sprache in ihrem Kopf blieb, dort, wo sie hingehörte, war es, als hätten sich längst schon alle anderen daran gewöhnt. Herb Senior hielt weiter ungestört seine Monologe über medizinische Ethik im östlichen Ausland und wenn er hin und wieder persönlich wurde, sich etwa in Erinnerungen an ihre Anfangsjahre verlor, dann sprach er, so organisch, als wäre es nie anders gewesen, auch ihren Part mit, und Magdalena blieb nichts anderes übrig als zu nicken. Sie perfektionierte den Vorgang des Kinnhebens und Kinnsenkens, sodass sie damit unzählige unterschiedliche Aussagen auszudrücken vermochte. Ganz langsam und sachte ausgeführt bedeutete er sogar ein Kopfschütteln, aber dazu musste man Magdalena gut kennen.

Herb Junior war anfangs verwirrt gewesen, hatte öfter nachgefragt, ob alles bei ihnen in Ordnung sei, woraufhin sie einfach nur lächelte und ihm sanft über die Wange strich, denn das hatte ihn schon als kleinen Jungen immer aus dem Konzept gebracht, diese einsetzende Rührung, dieses Verlangen nach mehr.

Ihre Spaziergänge machte sie weiterhin, das war überhaupt kein Problem, und alle notwendigen Besorgungen verlegte sie in gut besuchte Supermärkte und das Internet. Der Paketbote glaubte fest an ihre Gehörlosigkeit, dies wurde Magdalena mit Scham bewusst, als er die ersten Zeichen in Gebärdensprache an ihr versuchte. Zu Weihnachten gab sie ihm immer einen größeren Geldschein, denn er hatte wirklich viel zu schleppen für sie, das ganze Jahr über.

Arztbesuche stellte sie zur Gänze ein, sie war ohnehin nie ernsthaft krank, und für ihren Reizdarm stellte sich das Dauerschweigen sogar als probate Therapie heraus. Einmal brach ihr ein Stück Zahn ab, als sie in eine Salamischeibe biss, da erwog sie kurz einen Termin beim Zahnarzt, gab sich aber schlussendlich damit zufrieden, den verbliebenen halben Eckzahn mit einer Nagelfeile stumpf zu feilen.

Magdalena kam gut zurecht.

ER HATTE MAGADALENA durchaus lange beobachtet, empirische Studien zu ihrem Gemütszustand angestellt, bevor er anfing, sie zu sedieren, da konnte sich Herb Senior nichts vorwerfen. Es fiel ihm nämlich schon nach wenigen Jahren zunehmend schwerer, ihre Malereien so überschwänglich zu kommentieren, wie sie es sich wünschte. Die Leidenschaft und Schonungslosigkeit, die jedem einzelnen ihrer zu Tode gedachten und zögerlich ausgeführten Pinselstriche fehlten, verlangte sie vehement von ihrem Ehemann. Magdalena fragte »Und wie findest du es?« in einem Tonfall von ausgesucht gefährlicher Belanglosigkeit, um sofort in einen lauernden Modus überzugehen, in dem sie jede Regung, jedes Fingerknacken, jedes nervöse Anspannen der Gesäßmuskulatur sofort registrierte und für die spätere Diskussion archivierte. Herb Senior bemühte sich, leise zu denken, überhaupt zu denken, wenn er auf die Leinwand starrte und nicht das geringste Gefühl zu dem dort Abgebildeten entwickeln konnte. Er wusste, er hatte ein Zeitfenster von höchstens dreißig Sekunden, um sich eine fundierte Expertise zurechtzulegen, die grell eingefärbt sein musste von einer noch nie dagewesenen Begeisterung, zumindest im Vergleich zur Vorgängerkritik.

Herb Senior hatte den Zenit seines natürlichen Vokabulars recht schnell überschritten gehabt, er sammelte deswegen heimlich Ausstellungskataloge und Bildbände berühmter Künstler in seiner Praxis, um kurz zwischen zwei Krebsabstrichen die enthusiastischsten Lobesworte mit gelbem Leuchtmarker hervorzuheben und auswendig zu lernen. In diesem Sammelsurium der Kunstkritik fand er ganz wunderbare Einzelstücke, Magdalena staunte nicht schlecht, wenn er der *kühlen Harmonie der Farben eine universelle Sinnbildlichkeit* zusprach oder beeindruckt von der *stabilen unzweideutigen Komposition der Formen eine gewisse Simultanität der Seelenzustände im Kunstwerk* entdecken konnte. Freilich musste Herb Senior aufpassen, dass er verbal nicht zu sehr abhob und Magdalena

misstrauisch wurde, aber er dosierte seine Wortfunde mit
Bedacht und mischte sie so unbemerkt unter die beglei-
tende naive Begeisterung wie später die Beruhigungstabletten in die Fettaugen der Salami.

Einmal ausgesprochen entschied die Kritik ihrer Bilder
über die Stimmungsausrichtung seines Privatlebens. Lag
er daneben, berührte er einen der hochempfindlichen
Schwachpunkte Magdalenas, etwa die leichte Schwäche
im dreidimensionalen Raum, zog innerhalb der nächsten
Stunden eine Stickigkeit in die Wohnung ein, der man mit
nichts, auch nicht mit Dauerlüften beikommen konnte.

Die Kinder hatten diese Dynamik allein durch ihre Anwesenheit unterbunden, und deren täglich aufs Neue entzückenden Aufmachungen zu kommentieren fiel Herb
Senior um vieles leichter, ja es kam sogar von Herzen, so
dankbar war er den Kleinen nur für ihre Existenz. Auch
als sie älter wurden und keine mütterliche Dauerprä-
senz mehr einforderten, fand Magdalena nicht zurück
zur Malerei und Herb Senior war sich irgendwann nicht
mehr sicher, ob er froh darüber bleiben sollte. Sie entwickelte in diese Lebenszäsur hinein einen ästhetischen
Perfektionismus, der seinesgleichen suchte, und lebte
diesen rein im Häuslichen aus, was zur Folge hatte, dass
die Kinder früh ganztägig ausblieben. Magdalena bestand
darauf, dass Schuhbänder nur im Inneren der ausgezoge-
nen Schuhe gelagert werden durften, überprüfte jeden Tag
die Ordnung der Bücher im Bücherregal und entwickelte
eine obsessive Beziehung zu Reinigungsmitteln aller Art.
Dieser Perfektionismus steigerte sich zu einer Hysterie,
die in Schüben auftrat und Herb Senior sofort unerträglich wurde. Magdalena neigte zu Kreischanfällen und Ge-
waltausbrüchen, was ihn insofern beunruhigte, da er die
Schalldämmung in der Wohnung für höchstens durchschnittlich hielt und Angst vor externen Reaktionen und
Peinlichkeiten hatte. Trotzdem brauchte er ein paar Jahre,

bis er die zügig aufgekommene Idee, seine Frau ruhig zu stellen, in die Tat umsetzte. Herb Senior war kein impulsiver Mensch und davon ausgegangen, auch keinen ebensolchen geheiratet zu haben.

»WIE KANN ICH Ihnen behilflich sein?«, fragte Karin lächelnd und verstaute heimlich ihre Trinkflasche unter dem Verkaufstresen.

Heute hatte sie schon guten Umsatz gemacht, eine Ukrainerin war schlecht gelaunt zum Counter gekommen und hatte nach ausgiebiger Beratung diesen auch wieder schlecht gelaunt verlassen, am Arm achtlos baumelnd eine lackglänzende Tragetasche gefüllt mit Gesichtspflege im Wert eines zweiwöchigen Skiurlaubs. Karin fragte sich, ob die schlechte Laune der meisten Ostfrauen darauf zurückzuführen war, dass sie sich der Klischees über sich schmerzlich bewusst waren. Niemand sonst unter sechzig würde sich in Wien noch trauen Pelz zu tragen, ohne andauernd »Der ist geerbt und es wär schad drum« oder »Ist natürlich nicht echt, wirklich« in jeden Smalltalk einzuflechten, gerne in einer Lautstärke, dass das nähere Umfeld gleich Bescheid wusste, die Farbbeutel wieder in die Rucksäcke packte und es bei finsteren Blicken beließ. Die meisten Ostfrauen hatten diesen übertriebenen Zugang zu ihrer Weiblichkeit, fand Karin. Sie kauften leidenschaftlich gerne Dior Make-up, ebenso wie alle Transvestiten und gehobenes Personal aus dem Rotlichtmilieu, denn Dior sparte nicht mit Glitzerpartikeln, und so ein glitzernder Kussmund mit glitzerndem Augenzwinkern konnte sehr praktisch sein, wenn man erlegt werden wollte, es garantierte zumindest für einen kurzen Zeitraum die ungeteilte Aufmerksamkeit des Jägers. Karin war ein bisschen neidisch auf diesen pragmatischen Umgang mit der Männerwelt, sie selbst bekam von Glitzerpartikeln im Lipgloss sofort aufgesprungene Lippen, und blutiger Schorf versprühte leider nur Kadavercharme, das war ihr bewusst.

»Ich bin auf der Suche nach einem neuen Parfum«, sagte Herb Junior und stellte etwas angewidert fest, dass die vielen Sommersprossen der Verkäuferin im Neonlicht aussahen wie eine Krankheit.

»Es sollte nichts Blumiges sein, zumindest nicht in der Kopfnote.«

Karin lächelte.

»Ausgezeichnet, da finden wir sicher etwas Schönes für Sie, eine blumige Kopfnote ist ohnehin nicht wahnsinnig gefragt bei Herrendüften, ich hätte hier ganz neu *Mandarino di Amalfi* von Tom Ford, das entfaltet sich auf der Haut sehr subtil, frisch zitronig, es ist angereichert mit Estragon, Basilikum und Minze und erst zum Schluss wird es in der Herznote etwas blumig mit Jasmin und Orangenblüte.«

»Das klingt gut. Wer möchte nicht um viel Geld riechen wie ein klassisches Balkonkräuterkisterl«, sagte Herb Junior und lachte.

Karin lächelte.

»Vielleicht darf ich Ihnen eine Probe mitgeben, dann können Sie in Ruhe entscheiden, ob der Duft Ihnen zusagt.«

»Vielen Dank, wie nett, sehr gerne. Ich schau mich noch ein bisschen um, wenn das in Ordnung ist.«

Karin lächelte und rückte ihr Halstuch zurecht.

Irgendwoher kannte sie den Mann, aber ihr fiel nicht ein, woher. Es war auch nicht weiter von Bedeutung, denn nach Lipgloss jagte der ganz offensichtlich nicht.

MIT NADINE HATTE der Mann namens Klaus seine einzige längere Beziehung geführt. Sie hatte sich gut dafür angeboten, ihre Erscheinung war stark durch eine besondere Traurigkeit definiert, die ihn leider ihre nicht weniger starke Bösartigkeit übersehen ließ. Sie hatte lange, vom manischen Durcheinanderfärben völlig zerstörte Haare und ein Gesicht, das erst mit drei Schichten Bemalung einen Hauch von Ausdruck bekam. Bis hinunter zur Hüfte sah ihre Figur normal aus, das Hinterteil und die Schenkel waren jedoch so massig ausgeprägt, dass es wirkte, als wäre Nadine aus zwei komplett unterschiedlichen Menschen zusammengesteckt worden, quasi eine Art göttliche Resteverwertung. Der Mann namens Klaus meinte damals, eine tiefsitzende Bedürftigkeit zu erspüren, im Nachhinein wurde ihm bewusst, dass dies wohl nur Wunschdenken gewesen sein musste.

Nadine arbeitete als Fußpflegerin in einem Kosmetikstudio, der Mann namens Klaus hatte sie kennengelernt, als sie seinen eingewachsenen großen Zehennagel mit einer Spange behandelte und seine rissigen Fersen endgültig von den üppigen Hornhautwucherungen befreien konnte. Ein suboptimaler Start in eine Liebesbeziehung, zumindest dachte er das zu Beginn, aber der Mangel an romantischen Illusionen schien Nadine nicht im Geringsten zu stören. Sie strich mit der gleichen ruhigen Ernsthaftigkeit über seine behaarte Brust, wie sie mit der Raspel an seinen Füßen herumfeilte. Sie knetete seinen Penis mit dem gleichen mittleren Druck, wie sie seine Zehen im Glyzerinbad massierte. Der Mann namens Klaus verlor jegliche Scham und ließ sich fallen, nach drei Wochen händigte er ihr einen Wohnungsschlüssel aus, nach vier Wochen stellte er seine Ernährung auf ihre Essensgewohnheiten um. Nadine hatte ein schizophrenes Verhältnis zur Nahrungsaufnahme, diese Zweiteilung war an ihrer Figur gut ersichtlich. Sie konnte eine Familienpizza in zwanzig Minuten essen, ohne auch nur ein kleines

Stück abzugeben. An anderen Tagen marinierte sie ein Salathäuptel ausschließlich mit Zitrone und Pfeffer, um sich diese unglückselige Komposition in enervierendem Schneckentempo vor dem Fernseher zuzuführen. Er litt schnell unter ihrer Anwesenheit, aber das erfüllte ihn wenigstens mit der Gewissheit, in einer echten Beziehung zu leben.

Nadine verlor täglich viele Haare, nicht nur beim Frisieren, sie brachen einfach ab, schon eine abrupte Drehung konnte reichen. Die kaputten Haare wickelten sich um die kleinen Bürsten des Staubsaugerroboters, machten sie schwergängiger und schränkten die Reinigungsleistung merklich ein. Der Mann namens Klaus musste täglich mehrere Korrekturen mit dem Handsauger vornehmen. Zudem hielt sie sich nicht an die kleinen schmutzvermeidenden Rituale, die sich bei ihm über die Jahre eingeschlichen hatten. Er sprach selbstverständlich nicht mit ihr darüber, sondern gewöhnte es sich an, immer ein Mikrofasertuch in seiner Gesäßtasche dabeizuhaben, um Nadines zahlreiche Fingerabdrücke von den Türklinken oder dem Sofatisch zu wischen.

Ihre anfängliche Wortkargheit wich schnell einem frostigen Befehlston, sie konnte es nicht leiden, wenn sich der Mann namens Klaus in ihrer Gegenwart selbst beschäftigte, sondern bestand mit zwei Worten – »Bleib hier!« – oder einem Handzeichen, das auch für Hunde funktioniert hätte, auf seiner Anwesenheit dicht bei ihr auf dem Sofa. Ihre Hauptbeschäftigung neben der Berufstätigkeit war, auf dem Sofa sitzend Kunstnägel zu bemalen und mit Strass zu verzieren, er durfte ihr dann die jeweiligen Werkzeuge oder in Nagellackentferner getränkte Korrekturwattestäbchen anreichen. Währenddessen sprach sie kaum, sondern sah mit Vorliebe amerikanische Collegekomödien aus den Neunzigern, und obwohl er es längst besser wusste, hoffte er doch, dass sie das nur aufgrund einer unbewussten Bildungssehnsucht machte.

51

Dieser Zustand war nicht schön, der Mann namens Klaus hätte sich niemals als glücklich bezeichnet, denn zu allem Überfluss hatte Nadines exzessiver Gebrauch von Aceton in seiner Wohnung möbelzersetzende Spuren hinterlassen, aber trotzdem traf es ihn unerwartet hart, als er eines Abends über ihr Handy den Lieferstatus des Abendessens überprüfen wollte und eine Nachricht aufleuchtete, die unter keinen Umständen relativierbar asexuell sein konnte. Ein gewisser Konstantin schickte zur Untermalung seines Wunsches, in alle Öffnungen von Nadine hineinzuspritzen, ein Bild seines dazu benötigten Werkzeugs, von unten fotografiert und die Behaarung militärisch kurz geschoren, um noch mehr Eindruck zu schinden.

Der Mann namens Klaus sprach Nadine, die sich raunzig wortkarg verhielt wie immer, nicht darauf an, aber er begann, ihr gemeinsames Sexualleben zu hinterfragen, erschien es ihm doch auf einmal recht seelenlos, aber leider ohne jegliche Anormalität, die ihn diese Seelenlosigkeit hätte verschmerzen lassen. Nadine war einfach nur uninspiriert, diese Gelassenheit, die ihn anfangs so beeindruckt hatte, machte ihn jetzt regelrecht aggressiv. Er wollte sich nicht mehr mit einem Standardprogramm begnügen müssen und schmollte sich durch so manchen Koitus. Ihr Körper war ihm langweilig geworden, sie strengte sich nicht mehr an, Haare stoppelten an Stellen, bei denen er sich sicher gewesen war, dass dort bei Frauen überhaupt keine wuchsen. Außerdem trug sie nur mehr dicke Wollsocken, sogar im Bett, ein Umstand, der bei ihm nicht gerade erektionserhaltend wirkte. Er fühlte sich ein wenig, als würde er mit einer Mischung aus Frau und Haustier zusammenleben, denn jedes Mal, wenn seine Beine beim Geschlechtsakt ihre Socken berührten, wurde es ihm warm ums Herz und weich um den Penis.

Als er eines Tages dem Staubsaugerroboter neue Akkus einsetzen und dabei erneut innerhalb weniger Stunden die Bürsten von einem stacheligen Haarbüschel befreien musste, wurde ihm klar, dass es mit Nadine vorbei war. Er rief einen Schlüsseldienst, ließ das Wohnungstürschloss auswechseln und schrieb Nadine eine kurze Nachricht, dass ihre Sachen in seinem Kellerabteil standen. Das Türschloss dort werde er erst in einem Monat ersetzen lassen, so lange habe sie Zeit, die Sachen abzuholen. Er packte ihren Besitz in zwei Schachteln, beschriftete sie und fuhr mit dem Lift nach unten, wo er die Kartons gut sichtbar in der Mitte des Abteils platzierte. Danach fand er sich ein wenig zu rigoros und schickte ihr zwei weitere kurze Textnachrichten: *Es tut mir leid.* Und: *Ich wünsche dir viel Glück für die Zukunft.*

DRAUSSEN STÜRMTE ES, die Stiege hinauf zur Dachterrasse knackte bedrohlich und der Regen klatschte in dicken Tropfen gegen die Dachfenster. Wiens Straßen waren wie ausgestorben, unter der Überführung kauerten ein paar Menschen in ihren Neuwagen, voller Angst vor eventuellen Hagelschäden. Magdalena liebte dieses Wetter, denn es machte sie für einige Stunden zu einem normalen Menschen. Niemand verließ das Haus, niemand redete mehr als nötig, niemand erledigte Großartiges, während die Natur sich so beeindruckend in den Vordergrund drängte.

Herb Senior und Herb Junior saßen vor dem Fernseher und sahen gebannt der Lottoziehung zu. Beide träumten sich offenbar von der unteren in die obere Oberschicht, gemessen an ihren glänzenden Augen und angespannten Körpern. Ein schönes Hobby, dieses Immer-reicher-Werden, dachte Magdalena und nahm einen Schluck Kaffee.

»Ich sollte eigentlich nachhause«, sagte Herb Junior hinein in die hektisch blinkende Werbepause.

Der Juniorchef einer bekannten Säuglingsnahrungsfirma pries die Qualität seiner Folgemilch mit verstörend quakender Stimme. Genauso gut hätte er einem Kind ein Stück Schokolade direkt aus einem weißen Kleinbus mit verdunkelten Scheiben anbieten können. Magdalena wandte sich ab vom Bildschirm, die grellen Farben ermüdeten ihre Augen.

»Willst du nicht noch mit uns Abend essen? Bei dem Wetter kannst du sowieso nirgends essen gehen«, sagte Herb Senior. Wir könnten etwas bei Mjam bestellen.

Herb Junior lachte.

»Bei diesem Sturm? Da willst du verantworten, dass jemand mit dem Rad fährt? Wie würdest du dich denn fühlen, wenn der Fahrer wegen deiner gebratenen Nudeln von einem herunterfliegenden Ast erschlagen wird?«

»Hungrig.«

Beide lachten, Magdalena lächelte.

An der Decke hingen vereinzelt Spinnweben, jede Woche

wurden sie ein bisschen dichter und größer, jede Woche nahm sich Magdalena vor, mit dem Besen und einer Leiter durch die Wohnung zu wandern und sie zu entfernen. Leider war das Klettern auf eine Leiter im Morgenmantel viel zu gefährlich und eine von Magdalenas größten Ängsten war die vor dem Stürzen. Als Kind war sie oft aus Höhen gestürzt, die ihr noch Zeit ließen, sich den unvermeidbaren Aufprall vorzustellen. Es war eine doppelte Qual, zuerst die Vorstellung eines Gehirns, das unsanft an die Schädeldecke schwappte, dann der reale Schmerz, wenn Knochen geprellt wurden und die Zähne so fest aufeinanderschlugen, dass Magdalena sich im Spiegel ihrer Unversehrtheit versichern musste. Noch heute schüttelte sie es automatisch bei der Erinnerung, und so hatten die Spinnen ungestört Zeit, ihren Wohnraum für die Nachfahren auszubauen.

»Wie immer«, fragte Herb Senior und Magdalena nickte, woraufhin Herb Junior eine scharfe Kokossuppe mit Garnelen in den Warenkorb packte.

Eine Stunde später nahm Herb Senior an der Wohnungstür die Bestellung entgegen. Magdalena hörte ihn hallend ins Stiegenhaus hineinlachen, sie stützte ihre Ellenbogen auf dem Esstisch ab und legte die Handinnenflächen schützend über beide Ohren. Mit raschelnden Papiersäcken in der Hand kam er zurück ins Wohnzimmer.

»Junior, jetzt habe ich auch ein schlechtes Gewissen, das war ein ganz kleiner Italiener, komplett nass und zerzaust. Er heißt Pietro und hat vier Kinder, deswegen muss er diese Schicht heute übernehmen. Damit er allen neue Winterstiefel kaufen kann«, sagte Herb Senior und stellte die Lieferung auf den Esstisch.

»Vater, das ist ja schrecklich. Hast du wenigstens Trinkgeld gegeben?«

»War nur ein Witz. Es war ein junger Typ mit Rastafari-Frisur, so ein Soziologiestudent wahrscheinlich. Der ist sogar zu Fuß die Stiegen raufgelaufen, statt den Lift zu nehmen«, sagte Herb Senior.

Herb Junior fing an, vorsichtig die kleinen Schalen auszupacken. Magdalena erhob sich, um Besteck aus der Küche zu holen. Sie nahm ein paar Servietten aus dem Schrank und schloss das gekippte Fenster. Unten auf der Straße stieg ein auffallend klein gewachsener dunkelhaariger Mann auf ein Fahrrad und radelte gegen den Wind davon. Die grasgrüne Essensbox, die er auf den Rücken geschnallt hatte, leuchtete noch eine Weile aus dem Grau, bis er ganz verschwunden war.

HERB JUNIOR SASS an der Bar und beobachtete drei Provinzschwule dabei, wie sie erfolglos ihre Nervosität zu verbergen suchten. Sie waren jung und herausgeputzt, vielleicht gerade ein paar Jahre mit der Schule fertig, und obwohl sie hörbar nicht aus Wien stammten, sahen sie immer wieder um sich, als würden sie verfolgt. Einer von ihnen griff ständig in die Schale mit den gemischten Nüssen und leckte sich die Finger ab, ohne zu bemerken, dass er genau deswegen der Einzige war, der überhaupt von den Nüssen aß. Die beiden anderen wischten auf ihren Handys herum und zeigten sich gegenseitig etwas auf den Bildschirmen, was vom jeweils anderen nur mit einem kurzen Nicken oder Kopfschütteln quittiert wurde.

Heute war wenig los in der Persephone Bar, wie üblich an Sonntagen, denn da verbrachte ein nicht unwesentlicher Teil der Stammgäste den Abend zuhause bei Frau und Kindern. Herb Junior hatte sich anfangs ausschließlich an verheiratete Männer gehalten, denn einerseits gab es bei ihnen kaum die Gefahr, dass sie große Ansprüche stellten oder gar familiäre Zugeständnisse erwarteten, und andererseits lebten sie offiziell die konservativen Werte, an denen Herb Junior bei jedem Versuch gescheitert war. Er konnte keinen Sex mit Frauen haben, das hatte nie funktioniert, egal wie sehr sich alle Beteiligten bemühten. Herb Junior erfüllte nicht einmal das Klischee des Frauenverstehers. Er hatte keine beste Freundin, überhaupt wenige Frauen in seinem privaten Umfeld, und sogar die eigene Mutter spielte nur eine Nebenrolle in seinem Leben, obwohl sie im selben Haus wohnte. Herb Junior konnte sich nicht mehr an die letzte interessante Unterhaltung mit ihr erinnern. Eigentlich fand er Frauen abstoßend, wenn er ehrlich war, was er Gott sei Dank meistens zu vermeiden wusste. Den unbedarften Zugang zum anderen Geschlecht hatte ihm letztendlich sein Studium verdorben, spätestens als er spinnbaren Zervixschleim zum Errechnen des Fruchtbarkeitsgrades in lange Fäden ziehen und vor dem

Mikroskop darauf warten sollte, ob der Schleim in kristalliner Struktur austrocknete, überwog das Grauen vor diesen weichen, unbeherrschbaren Körpern und ihrer Reproduktionsfähigkeit.

Der Nationalratsabgeordnete würde heute wohl nicht mehr erscheinen, trotzdem bestellte Herb Junior noch einen Gin Tonic. Es war nicht übel, so ganz allein an der Bar zu sitzen, die Hocker waren weich gepolstert und die Beleuchtung schmeichelhaft. Beim Nachhausekommen würde er auf alle Fälle überprüfen, ob in der Wohnung Licht brannte, das nahm er sich fest vor, denn der Nationalratsabgeordnete wohnte direkt zwei Stockwerke über ihm. Anfangs war Herb Junior entsetzt gewesen, dass jemand von der unwählbaren Partei zu ihnen ins Haus zog. Er hatte sich überlegt, wie er den Nationalratsabgeordneten mit sanften Dosen seiner tiefen Verachtung strafen, elegant und wesensfest ein Zeichen gegen diese verachtenswerte Ideologie setzen könnte. Aber mehr als seinen Regenschirm wegzuschmeißen, der zufällig exakt den Parteifarbton hatte, brachte Herb Junior dann doch nicht zustande. Nass geregnet in einem leicht müffelnden Wollpullover fragte er sich eine Woche später, warum moralische Grundsätze eigentlich so oft nicht vereinbar waren mit einem gepflegten Erscheinungsbild.

In einer lauen Sommernacht überraschte ihn der Nationalratsabgeordnete grundlegend, wenn auch sicherlich ungewollt. Durch die zum Innenhof geöffneten Fenster drangen Geräusche zu Herb Junior, die eindeutig das feuchte Aufeinanderklatschen zweier massiver Körper vertonten. Er lag ruhelos und einsam in seinem Doppelbett, frisch getrennt von Georg und viel zu nah an den eigenen Eltern, und unterschied die beiden männlichen Stimmen anhand ihres Stöhnverhaltens voneinander, um seine eigene Erregung nicht zu groß werden zu lassen. Wobei ihn Whitney Houston einigermaßen gut unterstützte, die im Hintergrund völlig deplatziert *I have nothing, nothing, nothing… If I don't have you-oo, you-oo, you…* sang, während er vor seinem inneren Auge den Weg der Schweißtropfen über wahrscheinlich gut definierte Körper verfolgte. Irgendwann bellte ein Hund, ein Fenster flog krachend zu und Herb Junior mutmaßte, dass dies ein einmaliges Erlebnis um drei Uhr morgens bleiben würde. Er bekam jetzt noch rote Ohren, wenn er daran dachte.

»Darf ich?«, fragte der Nationalratsabgeordnete und zog den Barhocker neben Herb Junior zu sich heran. »Ich nehme einmal das Gleiche, bitte.«

Herb Junior nickte, ihm wurde leicht schwindlig. Dieser Duft. In seinem Kopf hallten die aufeinanderklatschenden Körper nach, sie wurden langsamer und verstummten. Die drei Provinzschwulen starrten zu ihnen herüber. Einem stand der Mund offen.

MAGDALENA HATTE JAHRELANG nach einem passenden Morgenmantel gesucht. Er sollte imposant sein, regelrecht theatralisch, und ihrem Vorhaben, die Wohnung so selten wie möglich zu verlassen, die nötige Ernsthaftigkeit und Würde verleihen. Im Baumwollzweiteiler im Bett zu liegen hieße, mit dem Leben schon abgeschlossen zu haben, und das hatte Magdalena nicht.

Sie wollte keine Menschen mehr sehen, keine Straßen und Häuser, sie wollte all die Geräusche nicht hören und keine überflüssigen Sätze mehr sprechen. Sie hatte genug davon, nicht mit dem Tempo der Außenwelt mithalten zu können, sich schwindlig zu fühlen, während alle anderen an ihr vorbeirasten, und immer drei lange Sekunden zu spät zu antworten, wenn sie der Alltag in eine Konversation zwang. *Danke, es geht mir gut. So ein scheußliches Wetter heute. Schönen Nachmittag noch.*

Magdalena wollte ihre Füße nicht mehr in Schuhe zwängen, mit der Ferse auf dem Absatz hin und her rutschen, umknicken, ermüden, schwitzen und Druckstellen bekommen. Sie hatte irgendwann angefangen, die Natur zu hassen, denn sie wurde einem zu penetrant aufgedrängt als Heilsbringer, fand Magdalena. Als läge das Glück lose versteckt in der Luftigkeit moosüberzogener Baumstämme im Wald, als müsste man nur eine Nase herrlicher Luft atmen, um die trüben Gedanken aufzuklären, als würde Schwammerlsuchen irgendwelche Probleme lösen. Im schlimmsten Fall schuf es sogar welche, im allerschlimmsten welche, die signifikant über Magenprobleme hinausgingen. Sie hatte früher Herb Seniors konstantem Drängen, wandern zu gehen, oft nachgegeben, und dann waren sie in funktionaler Kleidung bergauf marschiert. Sie hatten witterungsflexibel immer irgendein Textil an sich abgezippt, einen Ärmel, ein Hosenbein oder eine Kapuze. Magdalena fühlte sich dabei wie eine unattraktive Sklavin der Naturgewalten, schwach und in höchstem Maße lächerlich, aber Herb Senior hatte viel Geld ausgegeben für die beste Ausstattung und wollte diese zweckmäßig verwendet wissen. Sie hatte Bewunderung geheuchelt für Ausblicke und war innerlich nur bewegt von der Intensität ihrer eigenen Teilnahmslosigkeit. Sie hatte Herb Senior zugehört, wenn er über seine Fortbildungsmaßnahmen im Bereich der Feindiagnostik erzählte, und dabei gedacht, dass sein Nacken immer massiver wurde und langsam eine kleine Speckrolle entwickelte, wenn er den Kopf nach hinten bog. Eine Nackenfaltenmessung beim Meister der Feindiagnostik selbst wäre wohl eher ungünstig ausgefallen. Sie stieg vorsichtig über Wurzeln, die aus der Erde brachen, und hatte immer ein wenig Angst davor, sich das gesamte unterirdische Wurzelwerk eines Waldes bildlich vor Augen zu führen. Sie fürchtete die Vorstellung von Wachstum und Bewegung, unsichtbar, direkt unter ihren Wanderschuhen.

Irgendwann hatte Herb Senior aufgegeben mit Magdalena wandern zu wollen, er beschränkte sich fortan auf Stadtbummel, kaufte ihr Parfums oder Schmuck, beides nahm sie ungerührt an und verwendete es nie.

Nur über den Morgenmantel hatte sie sich gefreut, ganz aufrichtig, denn Herb Senior hatte den Hinweis mit dem offenen Warenkorb auf dem Laptop richtig interpretiert und das teure Stück aus England bestellt. Der Morgenmantel war schwarz, am Kragen üppig mit Federn besetzt, hatte großzügige Trompetenärmel, mit denen man exzellent an Türklinken hängen bleiben konnte, und eine kleine Schleppe, in der sich täglich beachtlich viel Staub sammelte dafür, dass Magdalena nur selten ihren Aufenthaltsort innerhalb der Wohnung wechselte. Er war mit einem großflächigen floralen Muster bedruckt und halb transparent, was Magdalena zu Beginn störte, da sie nun auch auf das Darunter Wert legen musste. Nachdem sie eine Ladung äußerst schlichter schwarzer Abendkleider aus Satin bestellt hatte, war selbst dieses Dilemma zur endgültigen Zufriedenheit gelöst, und sie fühlte sich erstmals richtig gekleidet für ihren Gemütszustand.

DER MANN NAMENS Klaus hätte gerne bessere Probleme gehabt im Leben. Probleme, die sein Alter Ego *Apachenträne76* im Elternforum hatte. Er wollte gerne ein Gutverdiener sein, der sich vom sozialen Abstieg bedroht fühlte, statt durchgehend die Rabattangebote im Supermarkt beobachten zu müssen, er wollte ein Hochleister sein, der nichts als Verachtung für die Minderleister übrighatte, statt mit der Krankenkasse über seine Ersatzzahlungen zu streiten, wenn ihn ein vierfacher Bandscheibenvorfall monatelang ans Bett fesselte. Er wollte subtil seine Ex kritisieren, die ihm das Kind entfremdete, ein Kind, das ganz sein Ebenbild war, statt sich regelmäßig zu fragen, ob er überhaupt zeugungsfähig war.

Sich in ein harmonisches und durchgehend erfolgreiches Leben zu träumen, erschien ihm viel zu unrealistisch, deswegen erschuf er sich seine Traumprobleme und merkte schnell, wie viele Leute er damit ansprach. Von den sieben Männern im Forum verkörperte er drei, seine beiden anderen Existenzen bediente er sporadisch, die eine war ein kauziger Spezialist für Goldankäufe und einer langen, betrunkenen Nacht entsprungen, und die andere ein linksliberaler Frauenversteher, dessen plastische Gestaltung ihm zu schwer fiel, weswegen er ihn ausschließlich vor Nationalratswahlen aktivierte, um den von *Apachenträne5* herzlosem Sozialdarwinismus verstörten Nutzerinnen eine tröstende virtuelle Schulter anzubieten. So konnte er alle Stufen ihrer Verunsicherung in Ruhe auskosten und sich an der ungefilterten Zuneigung erfreuen, die über ihn ausgeschüttet wurde, nur weil er Verständnis heuchelte für Frauenprobleme und Minderheitenpolitik.

Der Mann namens Klaus hätte gerne ein Kind gehabt, ein Kind gehörte in seinen Augen zum Spiel des Lebens dazu, sicherte das nächste Level, sollte man selbst verfrüht ins *Game over* geraten. Nadine wurde von ihrem nächsten Freund ziemlich schnell schwanger, ihr Oberkörper glich sich derart flott ihrem massigen Unterkörper an, als hätte er schon ewig darauf gewartet. Dieser optisch aus zwei Menschen zusammengesetzte Mensch brauchte einen dritten, um endlich ausgewogen zu wirken. Der Mann namens Klaus hatte sich manchmal vorgestellt, das Kind sei von ihm, ein Kuckuckskind für den Neuen, diese Vorstellung hatte ihn durchaus befriedigt. Es war aber ganz gewiss nicht von ihm, wurde es doch erst eineinhalb Jahre nach der Trennung geboren, da konnte er träumen und rechnen, so viel er wollte.

Im Gegensatz zu seinem war Karins alias *tinkerbells* Auftritt im Elternforum etwas uninspiriert. Er hatte so viele Angaben von ihr überprüft wie möglich und fand, dass sie sich im Großen und Ganzen viel zu sehr an der Realität orientierte. Andererseits eröffnete ihm genau das den Zugang zu ihrem Inneren, denn in den Punkten, in denen sie sich besser darstellte, konnte er exakt ihre Schwachstellen herausfiltern. Hautalterung zum Beispiel. In Karins Beiträgen ging es unverhältnismäßig oft um ihre empfindliche Haut, die besonders intensiver Pflege bedurfte. Oder um ihre Tochter, einst ein Kind der Liebe, jetzt ein Hindernis bei der Partnerwahl. Karin klagte nicht, nein, aber sie verwies häufig auf ihre Mutterpflichten, wenn es um ihr Privatleben ging. Im geschlossenen Bereich des Forums schrieb sie manchmal mitten in der Nacht, freizügiger und auch über ihr Sexualleben, das offenbar aktuell nicht stattfand und nur aus Erinnerungen an lange vergangene wilde Zeiten im Salzburger Nachtleben bestand.

Er schickte ihr als *Apachenträne76* kleine Nachrichten in immer kürzer werdenden Abständen und genoss es, ihr wachsendes Unbehagen anzustacheln. Dieses Gefühl, Karin direkt gegenüber in ihrer Wohnung langsam in die Schockstarre zu treiben, hätte er am liebsten für die Ewigkeit konserviert. Immer, wenn sich der Status einer Nachricht in »gelesen« änderte und er sich vorstellte, wie sich der kalte Schweiß in Karins Achseln sammelte, verursachte das ein kleines Feuerwerk in ihm. Er sammelte Detailwissen aus ihrem Leben, um sie mit seinen Kenntnissen zu verunsichern, Kleinigkeiten, die er geschickt einzusetzen vermochte, um keinen Verdacht auf ihn zu lenken. Heute tippte er besonders langsam, er wollte jeden Buchstaben auskosten.

hallo meine süße. ich bin mir sicher, es ist nicht schwer, dich zu betrügen. du verlangst regelrecht danach, oder? man erzählt dir einfach, in der arbeit sei es gerade so anstrengend, und wenn du verdacht schöpfst, klaut man dein schönes angeberauto und verschwindet. ich steh auf solche frauen, wirklich. bist du immer so großzügig?

Er war nicht besonders zufrieden mit dem Text, las ihn laut und musste lachen, weil er wie der Erguss eines Durchschnittspsychopathen klang. Trotzdem drückte er auf »Senden«, denn der Mann namens Klaus machte nichts umsonst.

HERB JUNIOR SASS mit dem Nationalratsabgeordneten in diesem von allen Seiten hochgelobten neuen Restaurant und wusste nicht recht, ob er sich in seinem Plexiglasstuhl bewegen durfte oder ob dieser dann einfach zerbrechen würde. Der Stuhl war beunruhigend flexibel, und Herb Junior entschied sich für eine Art gelöste Starre, die hoffentlich auf den Nationalratsabgeordneten so locker wirkte wie beabsichtigt.

Dieser schien glücklich zu sein mit seiner Restaurantwahl und studierte lächelnd die Karte, die aus einem gravierten Stück Treibholz bestand. Eigentlich gab es kaum etwas auszuwählen, einzig die Grundzutaten der Gerichte wurden schlicht untereinander aufgereiht, der Shootingstar in der Küche kochte nämlich ausschließlich nach »Carte blanche«, also seinem eigenen Geschmack. Lediglich seine Unverträglichkeiten und Allergien durfte man angeben, und Herb Junior überlegte kurz, seine Laktoseintoleranz in das Treibholz zu schnitzen, sollten mündliche Angaben dazu nicht ausreichen.

Auch der Kellner war passend zum Essen als Unikat konzipiert, ein grotesk dünner Asiate in einer grau karierten Tweedweste mit Uhrenkette und Taschenuhr, er war bis zu den Ohren bunt tätowiert und hatte seine schwarz glänzenden, an den Seiten kurz rasierten Haare locker zurückgekämmt wie ein nordkoreanischer Diktator auf Sommerfrische. Herb Junior war verwirrt von diesen vielen modischen Botschaften auf einmal und bestellte ein Cola, was ihm mit den Worten »Wir führen leider keine Produkte mit Phosphorsäure« verwehrt wurde. Der Nationalratsabgeordnete lachte, orderte eine Flasche stilles Wasser und eine Flasche Rotwein von einem speziellen Weingut in Syrien, gelegen zwischen zwei Kriegsgebieten und mit hohem Risiko bewirtschaftet. Herb Junior hatte davon gelesen und wollte sich später die passende Meinung zur Weinauswahl überlegen.

»Eine gute Entscheidung«, meinte der Kellner und starrte den Nationalratsabgeordneten ein bisschen zu lange an, bevor er den Tisch mit klimpernder Uhrenkette wieder verließ.

»Wir werden überrascht mit dem Menü, aber keine Sorge, der Koch ist wirklich hervorragend, ich wurde hier noch nie enttäuscht«, sagte der Nationalratsabgeordnete und legte sein graviertes Treibholz zur Seite. An den Wänden waren auf nackten Beton einzelne zarte Frühlingsblumen und Kräuter gezeichnet, aber so richtige Lebensfreude kam trotzdem nicht auf. Herb Junior bemerkte, dass er am allerliebsten eine laktosefreie Käsekrainer gegessen hätte.

Irgendwann im letzten Jahrzehnt hatte die Ernährung ganz langsam angefangen die Religion zu ersetzen, und den Leuten war bis heute nicht klar, dass sie längst tiefgläubige Fundamentalisten waren, wenn sie in Biosupermärkten standen, Verpackungstexte einscannten und jedes Produkt auf mögliche Schadstoffe überprüfen ließen. Die neue Religion strahlte in vielen verschiedenen Farben, für jeden war etwas dabei, es gab Kohlehydratjünger genauso wie Regionaljünger, aber der Fundamentalismus war längstens inmitten einer Gesellschaft angekommen, in der man sich absurderweise am meisten vor religiöser Radikalisierung fürchtete.

»Sag, deine Partei ist ja nicht gerade, also, hast du da keine Probleme mit deiner Homosexualität«, fragte Herb Junior, vorsichtshalber mit gesenkter Stimme.

»Nein, wieso? Privates ist privat zu halten und außerdem glaube ich, dass du ein ziemlich falsches Bild von der Partei hast. Ich gehöre eher zum liberalen Flügel, rein ideologisch.«

Der Nationalratsabgeordnete lächelte und schob seine beiden Weingläser der Reihe nach auf die andere Seite des Tellers.

»Ich bin Linkshänder«, sagte er auf Herb Juniors irritierten Blick und beide lachten kurz.

Der Kellner kam mit dem Wein und schenkte dem Nationalratsabgeordneten einen Probierschluck ein, ein unerwartet trüber Roter, aber wer konnte das den Trauben

schon verübeln, so eingeklemmt zwischen zwei Kriegsgebieten. Herb Junior wurde das Gefühl nicht los, auf diese
Art pures schlechtes Karma aus Riedel-Gläsern zu sich zu
nehmen, aber wahrscheinlich verstand er das Ganze einfach nicht.

Der Nationalratsabgeordnete probierte einen Schluck
und nickte, woraufhin der Kellner den beiden die Gläser
halbvoll füllte und dabei mit seiner Uhrenkette immer
wieder gegen die Wasserflasche stieß. Das Geräusch war
nicht unangenehmer als die Hintergrundmusik – eine ver-
störende Mischung aus fernöstlichen Saiteninstrumenten
und heimischen Singvögeln.

»Nein, ich glaube, mein Bild von deiner Partei ist schon
richtig, zumindest großteils. Wir brauchen da auch nicht
ins Detail zu gehen, ich will nicht streiten, aber du hast
sicher festgestellt, dass ich politisch eher vom anderen
Ende komme«, sagte Herb Junior.

»Also linksradikal, sehr interessant«, antwortete der
Nationalratsabgeordnete und grinste. Er legte seine Hand
auf die von Herb Junior, der vor Wohlgefühl fast von seinem Plexiglasstuhl floss.

Der Kellner servierte die Vorspeise, ein Tartar vom
Bachsaibling mit pochiertem Wachtelei unter einer Rauch-
glocke, die um wohlfeile sieben Euro Aufpreis für sich
allein schon Kapitalismuskritik darstellte. Der Kellner hob
die Glasglocke an, der Rauch stieg nach oben, Herb Junior
juckte es in der Nase und er unterdrückte einen Husten-
reiz. Der Nationalratsabgeordnete schüttelte die Stoffserviette auf, legte sie auf seinen Schoß und atmete mit geschlossenen Augen einmal tief ein.

»Dieser Koch ist ein Gott«, sagte er, während er sein
pochiertes Wachtelei in vier winzige Teile schnitt.

IHR BLICK KEHRTE sich nach innen, der Bildschirm verschwamm vor ihren Augen, rechts oben blinkte weiterhin eine knallgelbe Werbeeinschaltung. Karin verspürte nicht die geringste Lust auf das Forum, aber ihre Finger hatten sie automatisch hineingeleitet in ihr Postfach, regelrecht zwanghaft hatte sie auf die üblichen Buttons geklickt und den langsamen Seitenaufbau abgewartet. Sie seufzte und stellte ihren Blick scharf, die gelbe Werbeeinschaltung erwies sich als Pop-up-Fenster, das ihr mit blinkender Penetranz die drohende Überfüllung ihres Postfachs mitteilte.

Eine ihr nur flüchtig bekannte Nutzerin hatte Karin eine Nachricht mit dem Betreff »Hilfe beim Hochzeitsstyling« geschrieben. Es kam oft vor, dass sich jemand in Schönheitsfragen an sie wandte, den Ruf als Spezialistin hatte sie sich über Jahre hart erarbeitet, sie dachte mit großer Freude zurück an den Thread über Gesichtspflege und den Nutzen von Enzympeelings im Vergleich zu den herkömmlichen mit mechanischen Schleifpartikeln. In den Wochen darauf hatte sie einen derart hohen Anstieg des Enzympeeling-Umsatzes am Counter verzeichnet, dass sie sogar darüber nachdachte, daraus in irgendeiner Form eine Profession zu machen. Einzig Helenes Existenz hielt sie davon ab, den Schritt in die Selbstständigkeit zu wagen und als Kosmetikberaterin anzufangen.

Die Freude an online verteilten Ratschlägen war ihr jedenfalls gründlich vergangen und paranoiden Aufwallungen gewichen, da sie sich nicht mehr sicher war, woher *Apachenträne76* seine Informationen über sie bezog und ob er tieferen Zugang zu den Daten im Forum hatte, eventuell als Administrator oder anderweitig mit Privilegien ausgestattet. Karin konnte sich nicht erklären, weshalb er Details zu ihrer gescheiterten Ehe kannte. Sie hatte das Gefühl, dass er genau wusste, wie sie aussah, sie ihn also schon einmal getroffen haben oder, noch gruseliger, er sie beobachten musste.

Sie konnte leider nicht mehr rekonstruieren, was sie selbst im Forum über sich preisgegeben hatte. Öffentlich hatte Karin sich immer zurückgehalten, höchstens vage Andeutungen fallen gelassen, aber sie hatte sich rückblickend in der einen oder anderen persönlichen Nachricht mehr geöffnet, als es ihr jetzt lieb war. Wenn sie jemand über Jahre beobachtet haben sollte, dann würde er sich inzwischen einiges über sie zusammenreimen können. Eventuell sogar ihren Wohnort oder ihren Nachnamen. Hatte sie nicht über die morgens regelmäßig überfüllte Buslinie zu Helenes Kindergarten geklagt? Und ihren Lieblingsfeinkostladen genau beschrieben? Oder den neuen Mantel, dessen flaschengrüne Farbe besonders gut zu ihren rotblonden Haaren passte? Jedes Mal, wenn sie in letzter Zeit im Bus gemustert wurde, bekam sie Angst, dass es ein Forumsmitglied sein könnte, auch wenn diese Angst lächerlich war, denn selbst wenn, es wäre doch egal gewesen, sie hatte ja weder Namen noch Anschrift auf die Stirn tätowiert.

Aber Karin fühlte sich nicht mehr wohl, die Scham hatte sich erstmals als Dauergast in ihren Alltag geschlichen, alle kleinen Lügen, mit denen sie sich interessanter gemacht hatte, fielen ihr der Reihe nach ein und schwächten ihre Außenwirkung. Sie schminkte sich nur mehr so wenig, dass sie ungeschminkt aussah, legte verstärkt Wert auf eine gewisse Unscheinbarkeit und genoss es, wenn niemand sie bemerkte. Sie trug weite Hosen und einfarbige Pullover ohne Raffinesse, band die Haare zu einem schlichten Zopf und hoffte, durch dieses Büßergewand ein wenig Absolution zu erfahren und gleichsam auch im Netz in Vergessenheit zu geraten.

Heute hatte ihr *Apachenträne76* vier Nachrichten geschickt, eine einzige am Tag reichte ihm schon länger nicht mehr. Wahrscheinlich würde er wieder Anzügliches über ihre Sommersprossen schreiben oder sie mit Detailfragen zu ihrem Alltag irritieren. Karin wusste nie, ob er nur gut raten konnte, ob sie sich selbst unbewusst so verfolgbar gemacht hatte oder ob er im schlimmsten Fall ein Verrückter war, der real und unbemerkt in ihr Leben eindrang.

Sie hatte versucht, sich ganz aus dem Forum zurückzuziehen, nichts mehr zu schreiben, aber dann begannen die Nachfragen, manch eine Nutzerin mutmaßte, dass sie eventuell einen schweren Schicksalsschlag erlitten hatte, und sie fühlte sich genötigt, wieder anwesend zu sein, unauffällig zu bleiben, obwohl sie sich nicht mehr auf die banalen Themen konzentrieren konnte. Bei jedem Posting kontrollierte sie vor dem Abschicken, ob zu viele private Informationen enthalten waren und ob sie *Apachenträne76* damit eine Vorlage für Nachforschungen lieferte.

Sie öffnete die erste seiner Nachrichten.

hallo meine süße. ich bin mir sicher, es ist nicht schwer, dich zu betrügen. du verlangst regelrecht danach, oder? man erzählt dir einfach, in der arbeit sei es gerade so anstrengend, und wenn du verdacht schöpfst, klaut man dein schönes angeberauto und verschwindet. ich steh auf solche frauen, wirklich. bist du immer so großzügig?

Lächerlich. Wie ein Psychopath, erfunden für Senioren vom öffentlich-rechtlichen Fernsehen. Karin überlegte, ob ihr Ex-Mann dahinterstecken konnte, aber das ergab keinen Sinn, der war neu liiert und selbst für seine Tochter kaum erreichbar. Sie würde jetzt nicht aufstehen und die Vorhänge schließen, denn sie war kein Opfer, erfunden für Senioren vom öffentlich-rechtlichen Fernsehen. Drei Nachrichten noch, normalerweise kam er erst nach einer oder zwei so richtig in Fahrt, Karin seufzte.

HERB SENIOR SCHLÜPFTE unter die Bettdecke, Magdalena lag noch wach und starrte auf den Feuermelder an der Zimmerdecke. Alle dreißig Sekunden blinkte er kurz rot auf, Magdalena zählte gegen ihren rasenden Herzschlag die Zeit mit. Nur nicht zu schnell, eine Sekunde dauert so viel länger, als man denkt. Zweiunddreißig Sekunden zählte sie und rundete ab auf dreißig, das erschien ihr logischer, die Feuermelderfirma hatte die Zeitabstände sicherlich einheitlich geeicht.

»Herb Junior macht sich ganz gut in der Praxis, meine Stammpatientinnen wollen natürlich nach wie vor lieber zu mir«, sagte Herb Senior. »Er gibt sich aber Mühe, das wird schon noch, die Frauen müssen sich einfach an ihn gewöhnen.«

Magdalena drehte sich zu Herb Senior und sah ihm in die Augen. Sie waren braun, mit schweren fettglänzenden Lidern und kurzen borstigen Wimpern. Funktionale Kontrollorgane ohne weiteren Tiefgang.

»Gute Nacht«, sagte Herb Senior, drehte sich um, atmete einige Male unruhig, dann etwas ruhiger, zuckte mit dem ganzen Körper, fiel in eine tiefe Entspannung, sammelte Speichel im Unterkiefer und fing an gurgelnd zu schnarchen. Er hatte wieder zugenommen, eindeutig, Magdalena konnte sein Gewicht zuverlässig am Klang des Schnarchens abschätzen.

Sie schloss die Augen und ließ sich von den Störgeräuschen davontragen, nahm deren Unregelmäßigkeit ruhig hin, es fiel ihr leicht, es war ihr egal. Schlafen konnte sie trotzdem nicht, am nächsten Morgen war sie davon überzeugt, die ganze Nacht vor sich hingedämmert zu haben, ohne ein einziges Mal die Position zu wechseln.

HERB SENIOR BRAUCHTE einen Schnaps, irgendwo in seinem Schreibtisch musste eine kleine Flasche *Alte Marille* aus der Wachau sein – das Geschenk einer Patientin, deren Eltern dort ein bekanntes Restaurant mit angeschlossener Schnapsbrennerei betrieben. Er hatte ihr die erwünschte Tochter schon in der 9. Schwangerschaftswoche per 3-D-Ultraschall bestätigt, und sie überreichte ihm beim nächsten Termin einen Korb voll Wachauer Spezialitäten, als hätte er persönlich die Chromosomenzusammensetzung ihres Fötus bestimmt.

Heute war ein guter Tag, um den Schnaps endlich zu verkosten, Herb Senior zog seinen Arztkittel aus und nahm einen Schluck direkt aus der Flasche. Seine Sprechstundenhilfen hatten den ganzen Tag darüber gestritten, wer von ihnen wann und wie lange Pause machen durfte, und so sehr ihn das normalerweise belustigte, so sehr hatte es sein heute ohnehin schon strapaziertes Nervenkostüm weiter beschädigt.

Eine Patientin hatte ihm gestanden, erst kürzlich in Tschechien einen Embryo »adoptiert« zu haben, obwohl er ihr aufgrund einer Gebärmutteranomalie und einer Immunschwäche eindringlich von einer Schwangerschaft abgeraten hatte. Sie sei jetzt überglücklich und er würde sie sicherlich bestens betreuen, meinte die Frau. Er fühlte sich brüskiert, wollte Zeit gewinnen und erkundigte sich nach dem genauen Prozedere, um herauszufinden, dass die Frau keine Ahnung hatte, was sie da hatte machen lassen. Einzig über die Finanzen schien sie im Bilde zu sein, die Behandlung sei nämlich nicht teuer gewesen, billiger als eine künstliche Befruchtung in Österreich. Die Spenderinnen seien allesamt jung und gesund, die Embryonen vorgefertigt und deswegen so günstig. Die Eizellqualität natürlich eins a, der Prozess unbürokratisch, nicht zu vergleichen mit den Hürden einer echten Adoption, den unzeitgemäßen Altersgrenzen und willkürlichen Allmachtsfantasien der Jugendamtmitarbeiter. Dem Kind würde sie wohl

72

eines Tages die Wahrheit sagen müssen, das mache man so, um etwaige Identitätskrisen unterstützend zu begleiten, aber erst, wenn es zuverlässig den Mund halten könne vor der Schwiegermutter, die schon auf der Hochzeit damals unverfroren über die potenzielle Unfruchtbarkeit der Schwiegertochter gescherzt hatte. Das hatte die Frau mit dem Knick in der Gebärmutter ihr nie verziehen.

Ob es ein Eizellspenderinnenregister gebe? Wie viele Geschwister oder Halbgeschwister entstünden aus den einzelnen Chargen? Das wisse sie leider alles nicht genau, aber die Klinik habe für Tschechien einen wirklich sehr sauberen Eindruck gemacht und das Personal sogar teilweise Deutsch gesprochen. Jetzt trage sie endlich das kleine Seelchen in sich, das sicherlich seit Langem auf sie als Herzensmutter gewartet habe.

Ja, in der Tiefkühltruhe, hätte Herb Senior gerne gesagt und sie gefragt, warum man keine Eier aus Bodenhaltung mehr kaufte, aber Eizellspenden aus Tschechien. Er sagte nichts weiter, versprach sich selbst stattdessen eine Belohnung für später, denn die Frau war eine gute Patientin, die immer alle Optionen der privat zu zahlenden Vorsorgeuntersuchungen in Anspruch nahm und jetzt, hochrisikoschwanger, erwartungsgemäß noch zahlungswilliger war.

Der Schnaps schmeckte ihm, auch wenn er garantiert nicht aus Marillen hergestellt war, sondern eindeutig aus Zwetschken. Wahrscheinlich ein Etikettierfehler, so etwas konnte vorkommen. Herb Senior nahm einen zweiten Schluck und verstaute die Flasche wieder in der Schublade.

ER KONNTE ALBI nicht leiden, er konnte Hunde überhaupt nicht leiden. Diese unterwürfige Abhängigkeit hatte ihn immer abgestoßen, und wenn Albi an ihm hochsprang und sein Gesicht ablecken wollte, hätte Herb Junior am liebsten angefangen zu weinen, so unglücklich fand er die Fusion aus dem Bedürfnis nach menschlichem Körperkontakt und diesem beißend süßlichen Mundgeruch. Selbst wenn er Albi mögen wollte, er hätte es nicht gekonnt aufgrund dieses Geruchs. Herb Junior hatte kürzlich gelesen, dass Menschen, die sich schnell vor Körpergerüchen ekelten, einen erwiesenen Hang zu autoritären Systemen hatten, und er fragte sich, ob dies wohl auch auf ihn zutraf, während er die Einkaufstaschen auspackte und die Süßkartoffeln, auf deren regelmäßige Zubereitung der Nationalratsabgeordnete bestand, in die Obstschale legte. Dieser hatte viel zu tun rund um den Wahlkampf und deswegen abends oft schlechte Laune, die Herb Junior mit gutem Essen bekämpfen wollte. Sie redeten nicht über Politik, da waren sie sich schnell einig geworden, also kochte er verzweifelt an gegen die Erschöpfungszustände seines neuen Freundes, der immer wortkarger wurde, je länger der Wahlkampf andauerte. Herb Junior experimentierte mit der Zubereitung möglichst exotischer Speisen, da der Nationalratsabgeordnete nach den täglichen gemeinsamen Mittagessen mit Parteikollegen keine Lust mehr auf Hausmannskost hatte.

Abends saßen sie zu Tisch und Herb Junior hoffte, dass sein Curry nicht unterwürzt war, denn er wusste, er war ein viel zu zaghafter Würzer und kam trotz besten Vorsätzen nicht dagegen an, aber dem Nationalratsabgeordneten schien es zu schmecken, er schaufelte Reis und Hühnerstücke auf sein Naan-Brot, das zu Herb Juniors Entsetzen unten angebrannt war.

»Entschuldige, ich habe das Brot offenbar anbrennen lassen, du musst es nicht essen. Nimm doch meines«, sagte Herb Junior und schob sein Stück über den Tisch.

»Danke, das passt schon, mir macht das nichts«, antwortete der Nationalratsabgeordnete, ohne den Blick vom Curry zu heben.

»Nein, wirklich, kein Problem, nimm bitte meines«, sagte Herb Junior.

Albi hob den Kopf unter der Tafel, sein Schwanz wedelte laut gegen das Tischbein und der Weißwein begann sich im Glas zu wellen.

»Ich will aber nicht«, sagte der Nationalratsabgeordnete und stopfte sich sein restliches Naan-Brot vollständig in den Mund.

»Na gut, wenn du meinst. Gesund ist das halt nicht, aber das musst du selber wissen«, sagte Herb Junior in einem bemüht diplomatischen Tonfall, der hauchzart von einer wachsenden Weinerlichkeit durchzogen wurde.

Er nahm einen großen Schluck Wein, schob Albis Hintern unsanft mit seinem Fuß weg vom Tischbein, er konnte das andauernde laute Schwanzwedeln nicht ertragen, nicht, wenn die Stimmung so angespannt war, stand auf und ging in die Küche, um dort den Geschirrspüler einzuräumen. Er bemühte sich, wenigstens subtil zu kommunizieren und dem Nationalratsabgeordneten Geräuschbotschaften zu schicken, die ihn zum Nachdenken anregen sollten. Sanft *du weißt, dass ich dich liebe und nur dein Bestes will* klirrend schlichtete er die Trinkgläser in den oberen Korb, gefolgt von den laut *aber du bist einfach unmöglich zu mir, wenn du unter Stress stehst* scheppernden Töpfen. *Andere haben zur Entspannung wenigstens Sex* kicherten die spitz in den Besteckkorb fallenden Gabeln.

»Geht das auch leiser?«, fragte der Nationalratsabgeordnete und stellte seinen leeren Teller auf die Arbeitsfläche. Herb Junior war überrascht, dass er so schnell aufgegessen hatte. Vielleicht würde der Abend doch noch ganz nett werden.

Am nächsten Nachmittag fühlte er eindeutig die mundgerecht geschnittenen Hühnerstücke, als er Albis gelblichen Kot mit sackerlumhüllten Fingern vom Gehsteig entfernte. Er strengte sich an, nicht zu weinen, und es gelang ihm auch.

DER REIZDARM HATTE den Verlauf ihres Lebens maßgeblich mitgestaltet, das wurde Magdalena erst jetzt so wirklich bewusst. Schon in ihrer Kindheit weigerte sich ihr Magen bei der geringsten Anhäufung von Stressmomenten, Nahrung als solche zu verwerten, und dirigierte sie explosionsartig wieder aus dem Körper hinaus. Nach einigen unfassbar peinlichen Momenten in ihrer Jugend, gekrönt von einem kolikartigen Zusammenbruch in einem Bauarbeiter-Dixi-Klo, fing Magdalena an, zuerst unbewusst, ihr Leben rund um diese Empfindlichkeit herumzubauen. Sie mied körperliche Anstrengung, zu lange Aufenthalte in Naturgewässern bei direkter Sonneneinstrahlung, sie kaufte Hosen mit bequemem Bund und hatte immer eine Parfumprobe und eine Packung Feuchttücher in ihrer Handtasche. Restaurants wählte sie nach deren Toilettenanlagen aus, ebenso die Universität. Sie studierte in erster Linie Architektur an der Technischen Universität, um ihren Vater glücklich zu machen, aber schon in zweiter Linie, um die Damentoiletten der Physiker nebenan zu nutzen, denn die hatte sie fast immer ganz für sich. Die Kommunikation mit ihrem Bauch gewann mit den Jahren an Präzision, ein leichtes Blubbern, ein mahnendes Grummeln reichten schon, um Magdalenas Notfallplan zu aktivieren:

Sich dezent aus jeglicher Unterhaltung verabschieden, ohne den Eindruck einer Unpässlichkeit zu erwecken und somit unerwünschtes besorgtes Nachforschen zu provozieren.

Die strategisch günstigste, sprich entlegenste Toilette aufsuchen und auf abschließende Wände überprüfen. Abschließende Trennwände sind unter allen Umständen zu bevorzugen, die olfaktorische Isolation der Idealzustand.

Die Toilettenschüssel mit Papier auskleiden, um die Geräuschkulisse so gedämpft wie möglich zu halten.

Regelmäßig spülen hilft dabei, die Geruchsentwicklung etwas einzudämmen.

Großzügig mit der Parfumprobe arbeiten.

Vor Verlassen der Kabine die akute Frequentierung der Toilette erlauschen, im Optimalfall kann man diese unbehelligt verlassen und trifft auf niemanden.

Sollte es unvermeidbar sein, auf andere Menschen zu treffen, dann unter allen Umständen einen stoischen Gesichtsausdruck bewahren und den Höllengestank hinter sich ignorierend in Ruhe die Hände waschen und die Lippen nachziehen. Flucht ist ein Schuldeingeständnis.

Magdalena wusste schon bei der Einführungsveranstaltung, dass sie niemals als Architektin arbeiten würde. Sie malte zwar gerne und war einigermaßen talentiert, aber nur weil sie auf ihren Aquarellen hin und wieder zugeschneite Vierkanthöfe abbildete, fühlte sie sich trotzdem nicht bemüßigt, eines Tages die Firma ihres Vaters zu übernehmen. Ihr räumliches Denken war massiv eingeschränkt, was ihr mehrere Anläufe bei der Führerscheinprüfung einbrachte, und sie quälte sich mit viel Charme und wenig Erfolg durch die ersten Semester, bis ihr Vater einsah, dass sie wohl kaum in seine Fußstapfen treten würde, und ihr nach dem erlösenden Studienabbruch mit größtem Widerwillen zumindest ein paar Aufträge als Innenausstatterin verschaffte.

Magdalena gestaltete einige Büros, den Kaffeehausbereich einer expandierenden Bäckereikette und das Kinderzimmer einer reichen Bekannten ihres Vaters, die Zwillinge erwartete und großen Wert auf eine individuelle Abgrenzung der beiden Säuglinge legte, von Geburt an, als wäre Zweieiigkeit nicht individuell genug. Das Kinderzimmer wirkte fertiggestellt eher wie die zweckmäßige Wohngemeinschaft eines zukünftigen Astronauten und einer kleinen pferdeaffinen Tierärztin, in der Mitte des Raumes vermischten sich zwei unterschiedliche Wandgemälde zu einer verstörenden Symbiose aus schwarzen Lipizzanerfohlen und Marssonden, ziellos herumtreibend in einem viel zu bunten Weltall. Auch das Kaffeehausinterieur gelang ihr nicht besser, der übergroße Zierbrunnen als Herzstück der neuen Räumlichkeiten sollte in ihrer Vorstellung venezianische Lebensfreude aufkommen lassen, überflutete aber in der Realität eines Nachts den gesamten Gastronomiebereich. Bürogestaltung war noch am ehesten ihre Stärke, wäre da nicht das Problem der Beleuchtung gewesen. Magdalena hatte eine ausgeprägte Vorliebe für kaltes, hartes Licht und jeder, der in einem von ihr eingerichteten Büro arbeitete, hatte es nicht besonders schwer, dem Vorgesetzten ein Burnout glaubwürdig zu verkaufen, denn Augenringe und Rötungen aller Art wurden durch Magdalenas Lichtkonzept gnadenlos hervorgehoben.

Sie verlor schnell die Lust an solchen Aufträgen und widmete sich wieder der Malerei, zumindest übergangsweise, bis sie Herb Senior auf der Saisoneröffnungsfeier des Tennisclubs kennenlernte. Herb Senior war die ersten Jahre begeistert von ihrem Talent, lobte ihre Beobachtungsgabe und ihren feinen Pinselstrich, er besuchte geduldig alle Ausstellungen, die Magdalena unbedingt sehen wollte, und nahm es hin, dass sie in jedem Urlaub einen Extrakoffer mit Malutensilien mitschleppte und tote Quallen beim Vertrocknen in der Sonne skizzierte. Herb Senior beherrschte alle Arten von Lob, die man für das Zusammenleben mit einer künstlerisch begabten Ehefrau benötigte. Er konnte enthusiastisch aufschreien vor Begeisterung, verfügte über ausreichend Fachvokabular und im Notfall konnte er immer auf Magdalenas Schönheit verweisen, die mit ihrer Kunstfertigkeit um die Wette strahlte. In den ersten Jahren ihrer Ehe gewann hin und wieder die Optik, meist aber das künstlerische Werk, erst später verschoben sich die Prioritäten.

AUF EIN KLASSENTREFFEN würde sie niemals mehr gehen, soviel stand fest für Karin. Sie wusste alles, was sie nicht wissen wollte, über die sozialen Medien und fand kaum einen Weg, damit elegant umzugehen, dass alle anderen erreicht hatten, was sie wollten. Täglich stand sie freundlich lächelnd am Counter, zog ihre schmerzenden Zehen in den Pumps zusammen und verfluchte, dass sie aus reiner Eitelkeit ihre Schuhgröße zu klein angegeben hatte, als die neuen Uniformen bestellt wurden. Die Abteilungsleitung untersagte nicht nur das Trinken während der Arbeitszeit, ebenso war es strengstens verboten, sich hinzusetzen. Manchmal gab Karin vor, einen Aufsteller zu putzen und bückte sich, um hinter dem Tresen versteckt einen Schluck aus ihrer Wasserflasche zu nehmen. In solchen Momenten bückte sich ein beträchtlicher Teil ihrer Würde mit, da machte sie sich nichts vor. Regelmäßig versteckte sie sich auch hinter der Kassa, um kurz auf dem Handy durch ihre Kanäle zu scrollen. Dort sah sie kubische Architektenhäuser mit eleganten Holzfassaden, an deren Pools alkoholische Mixgetränke mit Strohhalm konsumiert wurden, sie sah Kinder, die man auf witzigen Schwimmtieren dekorativ arrangiert hatte, um die Größe des Pools beeindruckend in Relation zu setzen. Sie sah Babyhinterköpfe in farblich sanft abgetönten Kinderwägen mit saftig glänzenden Ledergriffen in Cognac oder Taupe. Sie sah Körper, die in Sportgewändern steckten und Energie ausstrahlten, dazu las sie lustige Sprüche oder kluge Referenzen zum Zeitgeschehen. Eine alles durchsetzende Flut an Herzen, manchmal rot, manchmal pink, manchmal blinkend. Liebe, Liebe, Liebe, jauchzten die Herzen der anderen, wir lieben Sand zwischen den Zehen, wir lieben die Spaghetti im Abendlicht und was lieben wir erst das Zittern der Tragflächen, wenn das Flugzeug endlich abhebt ins große Abenteuer.

Karin likte schon lange nichts mehr, diese Blöße gab sie sich nicht, sie beobachtete nur panisch, wie der Rest der

Welt immer ausgeglichener, strahlender und allwissender wurde, während das einzig Veränderliche in ihrem Leben die großen Zehen waren, die sich in den zu engen Pumps täglich mehr zu einem lehrbuchtauglichen Hallux valgus verformten.

Ein paar Jahre lang hatte Karin mitgemacht bei diesem seltsamen Spiel, bei dem es darum ging, wer das gleichste Leben wie alle anderen doch ein klein wenig anders lebte, bis zur Scheidung hatte sie es durchgehalten, dann wurde es ihr zu viel, das Unglück aus ihrem öffentlichen Auftritt herauszufiltern. Sie schrieb einen bösen Kommentar zum Profilbild der Neuen ihres Exmannes, spürte das betretene Schweigen der Onlinegemeinde viel zu deutlich, zog sich danach beschämt und gedemütigt zurück. Aber nicht ganz, denn im Elternforum konnte sie anonym bleiben und als Idealzustand ihrer selbst weiterexistieren. Dieser Umstand rettete sie über die schwersten Wochen. Sie versorgte ihr Kind, das ihr fremd erschien ohne passenden Vater dazu, sie aß fast nur Nudeln und zwickte sich jeden Abend vor dem Spiegel gehässig in ihren Bauchspeck. Sie zwirbelte ihn, bis er Dellen warf, sie formte mit den Fingern eine Schere und schnitt einmal um ihre Körpermitte herum. Manchmal weinte sie, immer mit Vorsatz. So musste Unglück sein.

Im Forum konnte sie sich stärken, ihre Kosmetiktipps waren beliebt, ihr Schreibstil wurde gelobt, ihre Meinung geschätzt. Dort war sie immer gut frisiert, aber trotzdem liberal, beruflich erfolgreich, aber leidenschaftliche Köchin, eine nicht perfekte, demnach perfekte Mutter und wenn sie besonders gute Laune hatte, ließ sie anklingen, dass bei ihr die Rundungen an den richtigen Stellen saßen.

Jetzt erschien es so, als ob *Apachenträne76* sie enttarnt hätte, aber Karin fand, dass sie unbedingt Ruhe bewahren musste. Er würde schon wieder Ruhe geben. An sich selbst zweifeln. Oder so. Sie würde einfach mit Nachdruck nachfragen, wo und wann er sie denn gesehen hatte, und sich bei der Gelegenheit jegliche weitere Belästigung verbitten.

MAGDALENA HATTE UM ein kleines Vermögen beim Künstlerbedarf bestellt. Am Vortag war ein riesiges Paket angeliefert worden, und sie hatte sich bis jetzt nicht getraut, es zu öffnen. Als Fremdkörper stand es mitten im Wohnzimmer und störte sie in ihrem Alltag, der Morgenmantel war schon zweimal beim Vorbeigehen daran hängen geblieben. Offensichtlich war es in einen Regenschauer gekommen, das große Paket mit den vielen Sachen darin, die ihr hoffentlich das Malen wieder aufzwingen würden, denn es war an zwei Ecken aufgeweicht und wurde nur mehr von nachträglich angebrachtem Klebeband zusammengehalten. Magdalena hatte alle Acrylfarbtöne bestellt, die ihr auf Anhieb gefallen hatten, so als wäre sie unfähig, selbst Farben zu mischen, und bräuchte deswegen jede Farbschattierung in einer eigenen Tube. Sie hätte gerne auch selbstmalende Pinsel gekauft oder eine Zauberleinwand, auf der ein beeindruckendes Motiv erschien, sobald man zum ersten Pinselstrich ansetzte. Leider hatte sie sich mit normalem Zubehör begnügen müssen und der Frust über die eigene Lustlosigkeit hatte sie dazu getrieben, weit über den tatsächlichen Bedarf zu bestellen. Irgendwo im Keller waren sicher ihre Sachen von früher, aber die wollte sie auf keinen Fall benutzen, das alles roch viel zu stark nach Vergangenheit. Sie wollte keine Krusten von Tuben kratzen oder sie durchkneten, damit sich die Bestandteile wieder vermischten, um danach trotzdem komisch zu riechen oder nur bröckelig verstreichbar zu sein auf der Leinwand. Jeder Brösel, jede zusätzliche Handbewegung, jedes noch so kleine Hindernis hätte Magdalena sofort komplett aus der Bahn geworfen, das wusste sie genau. Sie hatte nämlich vor Kurzem ein Bildmotiv geträumt, das sie nicht wieder losließ, das sie bei allem Widerwillen gegen die Tätigkeit selbst einfach nachmalen musste. Dieses Motiv würde sonst ihren Kopf nie wieder verlassen.

Vor komplex schwarzem Hintergrund, einem Regenbogen der Dunkelheit, lag eine abgetrennte Hand mit geschmacklos vielen Ringen an jedem Finger, inklusive Daumen. Der Farbton der Haut war perfekt, Magdalena hatte keine Ahnung von Pathologie, war sich aber sicher, dass diese Hand noch nicht sehr lange leblos sein konnte, denn ihr wächsern gelblicher Grundton war nur an der Oberfläche einheitlich, darunter vermochte man bei näherer Betrachtung zu erkennen, wie die blasse Rosigkeit fast zur Gänze verdrängt wurde vom kühlen Blaugrau des Blutes, dem unaufhörlich der Sauerstoff entwich. Eine schönere Kombination von Farben hatte Magdalena noch nie zuvor gesehen, im Traum ging sie ganz nah an das Bild heran, das die Größe eines Panoramafensters hatte, sie konnte die einzelnen Fingernägel mit ihren Einblutungen studieren, sah, welche der Ringe ins Fleisch einschnitten und welche locker saßen, als hätte man dieser Hand völlig beliebig den Inhalt einer Schmuckschatulle angesteckt. Die Ringe selbst passten überhaupt nicht zusammen, was Magdalena zum Nachdenken brachte, zur Sicherheit hatte sie sich jeden einzelnen genau eingeprägt. Am Daumen steckte ein breiter Goldring mit ausgestanzten Elefantensilhouetten, von denen zwei mit Diamantenbruch gefüllt waren und man bei der dritten sehen konnte, dass diese ebenfalls befüllt gewesen sein musste, denn am winzigen Rüssel glitzerte es noch ein wenig. An den anderen Fingern steckte eine Mischung aus den unterschiedlichsten Materialien und Epochen, von Jugendstilpreziosen bis Tchibo.

Magdalena holte sich ein Messer und begann, das Paket entlang der Klebebandstreifen aufzuschlitzen. Der Kartondeckel sprang auf und gab die Sicht frei auf beiges Füllmaterial. Sie spürte, wie ihr der Mut abhandenkam, aber jetzt war es zu spät, sie wühlte sich durch die Lagen zerknülltes Papier, zog Farbtube um Farbtube heraus und legte sie fein säuberlich der Reihe nach auf den Wohnzimmerfußboden. Sie baute die Staffelei auf und fixierte die Leinwand so, dass sie unter keinen Umständen wackelte. Sie ordnete alle Pinsel und Schwämme nach der

Größe und legte sie auf ein altes Bezirksblatt, daneben stellte sie drei große Gläser mit Wasser auf den Tisch. Sie steckte sich eine Mischpalette an den Daumen und nahm sie sofort wieder ab, weil es sich komisch anfühlte. Sie schraubte alle Farbtuben auf und stach sie an, auch wenn sie wusste, dass das nicht gerade klug war. Dann band sie sich eine Schürze um und trank ein großes Glas lauwarmes Wasser.

Jetzt saß sie auf dem Stuhl neben der Staffelei und überlegte, ob es in Anbetracht dieser besonderen Situation zu verantworten war, ein paar Scheiben Salami zu sich zu nehmen. Magdalena entschied sich dagegen, tauchte einen mittelgroßen Schwamm in das mittlere Glas mit Wasser und drückte eine Portion Mittelgrau auf die Mischpalette. Vorsichtig tupfte sie den Schwamm in die Farbe, etwas weniger vorsichtig tupfte sie mit dem Schwamm auf die ungrundierte Leinwand: ein kleiner, grauer Fleck wie ein angebissenes Kipferl.

Magdalena ließ den Schwamm aus ihren Fingern gleiten, auf dem Weg ins Schlafzimmer warf sie die Schürze zu Boden, um dann selbst wie ein Stein ins Bett zu fallen, voller Hoffnung, dass es doch reichen würde, einmal drüberzuträumen, um diese schreckliche Hand für immer aus dem Kopf zu bekommen.

DER MANN NAMENS Klaus hatte den Staubsaugerroboter entleert, sein Geschirr im Schrank verstaut und heute erstmalig mit dem Handsauger die Sofaritzen ausgesaugt. Unglaublich, was sich dort angesammelt hatte, eine Mischung aus Bröseln, Haaren und Münzen, die er trotz ihrer Schlichtheit einigermaßen ekelerregend fand. Ekelerregend genug, um gleich im Anschluss auf seinem Handy eine Liste mit ungewöhnlichen Orten zu erstellen, die er demnächst zu putzen gedachte.

innenseiten der steckdosen entstauben (v. a. sammelsteckdosen b. schreibtisch!)

türstöcke entstauben (rillen oben!)

lüftungsgitter im badezimmer abmontieren und gründlich reinigen (spezialbürste lamellen, online?)

waschmittelfach waschmaschine ausspülen (schimmel?)

Er legte sein Handy auf den Schreibtisch und schaltete seinen Computer ein. Gestern hatte er im Forum anklingen lassen, dass er *tinkerbell* persönlich kenne, und einige Anspielungen auf ihre Arbeit am Counter im Kaufhaus gemacht. Karin hatte gleich geantwortet, gab sich unwissend geheimnisvoll im Forum, aber eine private Nachricht hatte sie ihm doch geschrieben: *woher kennst du mich persönlich? wann warst du dort? und bitte hör auf, mir so komische private nachrichten zu schreiben, die gehen mir ehrlich gesagt ein bisschen auf die nerven.*

Er kennzeichnete die Nachricht als ungelesen und beteiligte sich an ein paar harmlosen Threads. Teilte ein Rezept für eine Grillsauce, schrieb, dass er die Sozialdemokratie für eine aussterbende Gesinnung hielt, und merkte andernorts an, dass die Qualität von Audi in den Neunzigern noch um einiges besser war. Er markierte alle neuralgischen Punkte im Forum mit seiner Anwesenheit und loggte sich wieder aus.

Draußen vor der Tür schimpfte Karin mit Helene, offenbar hatte sie die Liftknöpfe so oft gedrückt, dass die Tür blockierte. Die beiden kamen vom Einkaufen zurück, denn der Mann namens Klaus hörte, wie schwere Gegenstände raschelnd abgestellt und wieder angehoben wurden. Er blieb sitzen, ging bewusst nicht zum Türspion, um hinauszusehen oder die Tür zu öffnen und spontan seine Hilfe anzubieten, obwohl er nichts lieber gespürt hätte als den Hauch der kalten Luft, den Karin und Helene von draußen mitgebracht hatten. Der Computerbildschirm mit seiner belanglos bunten Startseite strahlte ihm warm ins Gesicht und sein Gesicht strahlte warm zurück.

KARIN STARRTE AUF ihre Fingernägel, zum ersten Mal fiel ihr ein breiter roter Rand unter dem Nagelweiß auf. Ihre Nägel hatten Rillen und sahen matt aus, sie fragte sich, ob es ein Zeichen des Alterns war, dass sie ihren Glanz verloren. Sie überlegte, ob ein bisschen Creme dagegen helfen würde, denn sie besaß Cremes für und gegen alles. Mit dem Tod hatte sie sich nach gängiger Meinung früher oder später abzufinden, sie verdrängte diesen Umstand jedoch in der Hoffnung auf größere medizinische Durchbrüche in absehbarer Zeit, bis dahin wollte sie wenigstens ihre äußere Hülle frisch halten, denn ewiges Leben erschien ihr nur verlockend, wenn es mit straffer Haut verbunden war.

Sie würde zwar nicht so weit gehen wie einst die ungarische Gräfin Erzsébet, die im Blut von tot gefolterten jungen Mädchen badete, um ihr eigenes Altern rückgängig zu machen, aber trotzdem hatte sie sich vor Kurzem einen Film über die Blutgräfin mit Interesse und durchaus ein wenig Verständnis für Frauen angesehen, die den Zenit ihrer Schönheit überschritten hatten. Sie war sich noch unsicher, ob sie selbst gegebenenfalls Fremdblut nutzen würde, um ihre Hautdichte zu verbessern. Natürlich ging es bei solchen Gedankenspielen um freiwillig gespendetes Blut, Karin fand den Ansatz zumindest überlegenswert, denn sie hatte seit dem Nachtigallenkot in ihrer Gesichtsmaske deutlich niedrigere Hemmschwellen bei unorthodoxen Inhaltsstoffen.

Sie fing an, jeden einzelnen Fingernagel zu massieren, zu schrecklich fand sie die Vorstellung dieser leicht gekrümmten und verdickten, traurig glanzlosen Fingernägel älterer Frauen. Ihre Nägel alterten ihr einfach unbemerkt davon, während sie ihren Fokus auf dem knitternden Dekolleté und diesen gemeinen Stellen schwabbelnder Orangenhaut direkt über den Knien hatte.

Karin behagte die Vorstellung, unaufhaltbar von diesem Planeten zu welken, gar nicht, die Zeit war ihr zum Feind geworden, über Nacht und anfangs unbemerkt. Es gab nichts mehr an ihr, was besser wurde. Selbst der grundlegenden Attraktivität ihrer Erscheinung wurde mittlerweile der Zusatz »für dein Alter« zugefügt, und es blieb ihr nichts anderes übrig, als dafür so dankbar zu sein wie früher, als sie die ganze Welt beherrschte mit collagensatter Haut und pigmenttreuer Wallemähne. Karins rotblondes Haupt kämpfte einen unschönen Kampf gegen die grauen Haare, die sich weder farblich noch von der Konsistenz an ihren Schopf anpassen wollten. Sie standen in alle Richtungen ab, zu viele zum Ignorieren, zu wenige zum Färben.

Der Mann namens Klaus hatte kaum noch Haare, aber die verbliebenen waren immerhin durchgehend hellbraun. Alter und Jugend hatten sich seinen Kopf in beeindruckender Harmonie untereinander aufgeteilt. Erst an diesem Morgen hatte sie ihn vor dem Haus getroffen und ihm nach einem kurzen Wortwechsel die Tür aufgesperrt, da er mit großen Paketen beladen war. Als er sich freundlich lächelnd an ihr vorbei ins Haus schob, hatte sie kurz seine Glatze ganz nah vor ihrem Gesicht gesehen. Karin hätte am liebsten ihre Nase daran gerieben und darüber gestreichelt, so sehr zogen sie der dezent pudrige Geruch und die Schutzlosigkeit seines Kopfes plötzlich an. Als die Tür kurz darauf wieder laut ins Schloss fiel, erschrak Karin, zog den Henkel ihrer Handtasche von der Ellenbeuge unter die Achsel und ging los in Richtung Arbeit. Karin bemerkte am eisigen Gegenwind, dass ihr Gesicht rot glühte, während ihr Herzschlag langsam Tempo aufnahm.

INNENARCHITEKTUR SEI NICHTS weiter als eine Zwangsbeschäftigung für reiche Hausfrauen, hatte ihr Vater immer gesagt, voller Enttäuschung über Magdalenas Studienabbruch und ihre zügige Eheschließung. Jede leer gelangweilte Arztgattin werde mindestens zwanzigmal im Jahr für ihren erlesenen Geschmack gelobt, für die feine textile Farbabstimmung, das stilsichere Interieur und die mit verbissener Lockerheit gesteckten Blumenarrangements. Natürlich nicht, weil sie außergewöhnlich begabt seien, nein, die allermeisten machten doch ausschließlich, was die drei führenden Wohnzeitschriften diktierten, sondern weil die Menschen nicht wussten, was sie sonst zu einer leer gelangweilten Arztgattin sagen sollten, wenn diese ihnen die Tür öffnete in ihr zurechtdesigntes Leben und die Inhaltslosigkeit ihrer tragischen Existenz schon im Vorzimmer zu erdrückend für alle Anwesenden wurde. Also folge man ihr unangenehm berührt von den tiefen Einsichten in die Untiefen ihres Lebens ins Wohnzimmer, nehme artig das routiniert angebotene Getränk entgegen und fange in Ermangelung anderer Optionen zügig an zu loben. Nach dem erfolgreichen Abendessen und der herzlichen Verabschiedung der stetig wechselnden Gästeschar sei so eine leer gelangweilte Arztgattin ganz aufgewühlt, noch beim Zähneputzen werde der Gatte gelöchert, ob ihm denn aufgefallen sei, wie überaus großen Anklang das Interieur und die kleinen Arrangements des Abends gefunden hätten. Und dass man die Gäste in Verdacht habe, die Amuse-Gueule-Löffelchen aus Chinaporzellan gleich morgen nachzukaufen, regelrecht begeistert seien sie gewesen von der irrwitzigen Darreichungsform der Saibling-Paté. Der Gatte, der in der Regel nichts als seine Ruhe haben wolle, ließe sich irgendwann, nach Jahren, vielleicht Jahrzehnten der Gefangenschaft in diesem öden Szenario, unvorsichtigerweise zu dem Ausspruch »Ja, du solltest das wirklich professionell machen« hinreißen, während er die benutzte Zahnseide wie immer so in den

Mistkübel warf, dass sie zur Hälfte heraushing und die ausgeglichene Ästhetik des Badezimmers empfindlich ins Wanken brachte. Und – Ha! – in ebendieser Sekunde ward eine weitere Innenarchitektin geboren, aus den schicken Trümmern ihrer eigenen Existenz.

Ihr Vater fing immer an zu spucken, wenn er sich aufregte, sein Widerwille gegen Innenarchitektur im Allgemeinen und die sie ausführenden Personen im Speziellen verteilte sich dann in feinen Tröpfchen auf Magdalenas Gesicht, und sie wusste aus leidvoller Erfahrung, dass sie ihn nicht unterbrechen durfte, weil er bei jedem Einwand einen Gang höher schaltete.

Als ihr Vater starb, traute sie sich nicht, ein Blumengesteck zum Begräbnis zu spenden, jedes einzelne erschien ihr zu gewollt, zu geplant, ohne Daseinsberechtigung. Herb Senior hatte schlussendlich das größte Modell bestellt, ein geschmackloses Ungetüm aus weißen Lilien und Gerbera, das den Sarg fast vollständig bedeckte und wirkte, als hätte es den Vater erschlagen und wäre somit der Grund für dieses tränenreiche Zusammentreffen.

INDISCHES CURRY FUNKTIONIERTE schon lange nicht mehr, um die Launen des Nationalratsabgeordneten ins Positive zu verschieben, Herb Junior organisierte ganze Themenabende zu exotischen Destinationen, erschuf folkloristisch aufbereitete Rahmenprogramme zu den jeweiligen kulinarischen Experimenten. Wenn er Glück hatte, fanden sie in Hawaii unter Blumenketten für ein paar Stunden zueinander oder der beeindruckende Sonnenuntergang in der Steppe Namibias versetzte den Nationalratsabgeordneten in einen ähnlichen Ruhezustand wie den an die Wohnzimmerwand gebeamten Löwen, der hemmungslos gähnte, während die Sonne von hinten seine Mähne rötlich durchleuchtete. Oder sie tanzten Tango, behäbig, aber glücklich vom argentinischen Rotwein.

Es gab natürlich keine Erfolgsgarantie, so ein Themenabend konnte trotz akribischer Planung schrecklich schieflaufen, wie zum Beispiel vor einigen Wochen der kubanische. Von dem unterwürzten Reis mit Bohnen bekam der Nationalratsabgeordnete starke Bauchschmerzen, war aber zu stolz, diese offen kundzutun, und der Abend endete damit, dass er Herb Junior auf das Garstigste anschrie, weil sie beim Salsatanzen keinen gemeinsamen Rhythmus finden konnten, was aber an ihm selbst lag, da er den nötigen Hüftschwung aussparte, um seine Darmtätigkeit nicht überzumotivieren.

»Schwul sehe er aus, wie eine lächerliche Schwuchtel tänzle er herum, komplett peinlich«, schrie der Nationalratsabgeordnete und hielt sich den Bauch, in dem ein paar schwarze Bohnen explodierten. Herb Junior brach den Abend gedemütigt ab und beschloss, sich nie wieder Mühe zu geben für seinen Nationalratsabgeordneten und den nächsten Abend höchstens zum Thema Waldviertel zu gestalten.

Der Nationalratsabgeordnete hatte den Wahlkampf erfolgreich abgeschlossen, die unwählbare Partei war mit dem Verlauf und den Prognosen hoch zufrieden und selbst

Herb Junior gestand sich inzwischen ein, dass er innerlich das »unwählbar« durch »unter gewissen Umständen vielleicht vertretbar« ersetzt hatte. Trotzdem oder gerade deswegen, Herb Junior konnte es nicht mit Gewissheit sagen, entzog sich der Nationalratsabgeordnete ihm immer mehr.

Sie unternahmen kaum noch etwas gemeinsam, umso mehr investierte Herb Junior wieder in die Themenabende, denn innerlich hoffte er auf eine gemeinsame Reise nach der Wahl, irgendwohin in die Karibik. Er träumte davon, mit dem Nationalratsabgeordneten auf weichen Loungemöbeln am Strand zu liegen, er wollte sich mit Evian-Wasser besprühen lassen und dem Boy ein paar Dollar zustecken, er wollte jede dieser Annehmlichkeiten einer Fernreise voll auskosten, gemeinsam mit dem Nationalratsabgeordneten, von dem in der Idylle und Abgeschiedenheit der karibischen Insel sicherlich sofort jeglicher Stress abfiele. Er würde sich gewiss bei Herb Junior entschuldigen, die passenden Worte im passenden Ambiente aussprechen und zur Schlussfolgerung gelangen, dass sein Leben durch ihn massiv an Qualität gewonnen hatte. Ganz sicher würde er ihm den Schlüssel zu seiner Wohnung endgültig überreichen, ein eigenes Exemplar, nicht nur ein geliehenes, in einer entzückenden kleinen Schachtel, die er heimlich auf dem Markt gekauft hätte, geflochten von geschäftstüchtigen Schulkindern aus den Aluminiumstreifen alter Coladosen.

Herb Junior hatte eigentlich schon längst entschieden, seinen Nationalratsabgeordneten zu wählen, also die Partei, es war nichts Schlechtes daran, seinen Partner zu unterstützen, und je besser er abschneiden würde, desto üppiger könnte die Fernreise ausfallen. Er wollte die Wahl abwarten und dann neu durchstarten mit ihm, denn der Nationalratsabgeordnete hatte auch gute Seiten. Er war tierlieb.

MAGDALENA STAND MIT ihrem roten Kleinwagen auf einem Parkplatz in Tschechien, wollte aber eigentlich in die Türkei. Ihr war bewusst, dass sie träumte, aber sie wusste nicht, wie sie das unterbinden und wieder aufwachen konnte, also versuchte sie, ihrem Handy eine Wegbeschreibung zu entlocken, verstand aber nichts von dem, was auf dem Bildschirm erschien. Der Parkplatz war riesig, rund um ein Fastfoodlokal gebaut, das Auto störte nicht darauf, obwohl es rollte. Magdalena konnte es mit einer Bremsung verlangsamen, auf einen einzigen Stundenkilometer heruntertreten, aber nicht zum völligen Stillstand bringen, seltsamerweise auch nicht, wenn sie den Motor abstellte. Die Kellnerin des Fastfoodlokals, eine ältere Tschechin mit kurzen roten Haaren, ging mit einem Tablett neben ihr her und sagte ihr ermunternde Worte durch das offene Autofenster, leider auf Tschechisch.

Magdalena musste es unbedingt in die Türkei schaffen, ihr Hotel war gebucht, sie hatte den Namen vergessen, er bestand aus zwei Vornamen, aber sie fand die Adresse nicht und konnte daher das Navi keine Route berechnen lassen. Die Ineffizienz dieser Situation ging ihr derart auf die Nerven, dass sie laut aufstöhnte, ein wenig fühlte es sich an wie ein Aufplatzen, wahrscheinlich gab sie wirklich Geräusche von sich.

Es störte sie, dass dieses Auto dauerhaft vor sich hin rollte, wie gefangen in einer starken Strömung, sie beschleunigte und bremste, stieg in vier Etappen immer fester auf die Bremse, hob ihren Hintern vom Sitz, um mit mehr Kraft einwirken zu können, sprang regelrecht auf die Bremse drauf, aber das Auto war nicht zum Stehen zu bringen, sondern kroch in einem Schneckentempo über den Parkplatz, das Magdalena blass vor Wut werden ließ. Vor dem Parkplatz befand sich eine Kreuzung, die ihr komplett unbewältigbar erschien, Magdalena konnte sich keinen Überblick verschaffen, die Anordnung der Straßen ergab einfach keinen Sinn. Sie drehte den Motor ab, zog diesmal aber zusätzlich die Handbremse und vergewisserte sich, dass das Fahrzeug wirklich stillstand, bevor sie in einem großen Einkaufssack im Fußraum des Beifahrersitzes zu kramen begann. Sie zog ein Kabel nach dem anderen aus einem schrecklichen Kabelgewirr im Inneren der Tasche, kein einziges davon passte in ihr Handy, das mittlerweile nur mehr zwölf Prozent Akku hatte. Magdalena hätte am liebsten geschrien, mitten im Nichts ohne Akku, aber sie schwieg, weil sie wusste, dass es egal war, was sie machte. Magdalena roch an ihrer Achselhöhle, der Schweiß roch nach gar nichts, das Unterbewusstsein konnte nicht an jedes Detail denken.

Sie konnte die zwölf Prozent dazu nutzen, Herb Senior anzurufen und ihm zu sagen, dass aus dem Türkeiurlaub auf eigene Faust nichts wurde und dass er sie bitte hier von diesem verfluchten Parkplatz abholen sollte. Würde man wirklich über Tschechien in die Türkei fahren, oder machte sich ihr Unterbewusstsein lustig über ihren mangelnden globalen Orientierungssinn? Magdalena mochte nicht mehr darüber nachdenken, sie blieb im Auto sitzen und wartete darauf, dass die Tiefschlafphase endlich vorbei war. Nicht einmal im Traum hatte sie Lust darauf, mit Herb Senior zu sprechen. Sie durchsuchte ihr Handy nach Spielen und wachte auf.

HERB SENIOR BLICKTE durch die offene Tür seines Behandlungsraumes in den Empfangsbereich. Seine Sprechstundenhilfen waren alle perfekte Schönheiten, blond gesträhnt und mit langen Beinen, sie sahen aus, als wären sie schon mit Perlenohrsteckern geboren worden, von hingebungsvollen Perlmüttern. Magdalena hatte ihn seit Jahren nicht mehr in der Praxis besucht, denn die drei Damen, ungefähr alle zehn Jahre ersetzt durch fast identische, aber jüngere Exemplare, waren eine zwischenmenschliche Herausforderung, Herb Senior legte in ihrer Zusammenstellung ganz bewusst Wert auf ein gewisses Konfliktpotenzial. Die drei Blondinen litten darunter, ganz ähnlich perfekt zu sein und keine Alleinstellungsmerkmale mehr zu haben wie zeitlebens gewöhnt, sodass sie es auch beim besten Willen nicht schafften, keine öffentlichen Diskurse zu führen und zum Ausgleich unleidlich zu Patientinnen zu sein, am liebsten, wenn sie mit ihnen allein waren, wie etwa beim Wiegen von Schwangeren. Die drei konnten dermaßen spitze Kommentare zu steil verlaufenden Gewichtskurven abgeben, dass sich manche Schwangere erst minutenlang auf der Toilette wieder sammeln musste, bevor sich ihre Muskeln so weit entspannten, um die geforderte Urinprobe überhaupt absetzen zu können.

Herb Senior würde seine drei Mädels vermissen, er mochte Blondinen grundsätzlich lieber als den Rest der Menschheit und hasste die Vorstellung, dass von nun an Herb Junior diesen Ausblick aus dem Behandlungszimmer haben würde. Langsam fing er an, seine gerahmten Familienfotos in einen Karton zu packen. Die würde er schon jetzt mit nachhause nehmen, dann hätte er an seinem letzten Arbeitstag nicht mehr so viel zu schleppen.

Im Ruhestand könnte er wieder anfangen zu wandern, irgendwo im Keller musste eine Kiste mit Funktionskleidung sein, er bräuchte sich nicht einmal für teures Geld neu auszustatten. Eventuell würde er sich noch ein Paar dieser modernen Wanderstöcke kaufen, das sah beeindruckend dynamisch aus, wenn man stöckeschwingend Berge bezwang. Er könnte Routen planen, in Berghütten übernachten, vielleicht würde er auch Pilze sammeln oder zum Vogelkundler werden. Zumindest mochte er Spatzen.

Bei so vielen konkreten Gedanken an Freizeitgestaltungsmöglichkeiten fing sein Herz an, schneller zu klopfen. Er musste ja nicht unbedingt alles gemeinsam mit Magdalena unternehmen, sie hatte es nicht so mit der Natur, wirkte wie ein Fremdkörper, sobald sie sich irgendwo im Grünen aufhielt. Ihr Lebensrhythmus war um einiges gemütlicher als seiner, da war er natürlich nicht ganz unschuldig dran, auch wenn er in letzter Zeit immer mehr das Gefühl bekam, dass Magdalena etwas unruhig wurde. Vielleicht setzte ihr seine bevorstehende Pensionierung mehr zu, als sie zugeben wollte.

Er könnte natürlich ebenso gut mit etwas Neuem anfangen, Golf war in seinem Umfeld recht angesehen. Oder Triathlon. Sein Freund Ulf schwamm regelmäßig durch verseuchte Innenstadtflüsse, beklatscht von hunderten Städtern, deren Sehnsucht nach dem Ursprünglichen seltsame Blüten trieb. Aber Ulf war glücklich dabei, auch noch Wochen danach, wenn er seine exotischen Ganzkörperausschläge mit medizinischen Cremes behandeln musste. Die durch das Cortison erwirtschafteten Kilos trainierte er wieder monatelang ab, bevor der nächste City-Triathlon stattfand und ihn mit einer neuen Hauterkrankung versorgte. Er könnte selbstverständlich auch etwas weniger Spezielles unternehmen, dachte Herb Senior und kratzte sich am Kopf, Ski fahren oder Tennis spielen zum Beispiel. Das Tennisspielen hatte er zwar frisch verheiratet aufgegeben, aber Ski gefahren war er jeden Winter. Ärztekongresse fanden oft in Skigebieten statt und einmal hatte er sich sogar in St. Moritz den Sessellift mit Agneta von Abba geteilt. Er hatte fast den Ausstieg verpasst, so aufgeregt war er gewesen. Vielleicht würde er in der Pension nach St. Moritz fahren und dort auf Agneta warten. Sie könnten ihr Gespräch an dem Punkt wieder aufnehmen, an dem es beim letzten Mal abgebrochen war, er würde ganz lässig »Fine, thanks« auf ihr freundliches »How are you?« antworten. Es gab Liebesgeschichten, die hatten weitaus unspektakulärer angefangen.

ER WAR TRAURIG. Selbst wenn er die wenigen positiven Dinge in seinem Leben laut verbalisierte, es wurde immer absurder und somit trauriger. »Ich habe sehr robuste Zähne und nur zwei Plomben«, sagte er trotzig hinein ins Esszimmer und musste kurz aufschluchzen, weil der Nationalratsabgeordnete heute Morgen wortlos gefrühstückt und ebenso wortlos die Wohnung verlassen hatte. Herb Junior hatte sich schon lockere Abschiedsworte zurechtgelegt, ein lässiges »Baba, bis später!« hatte gegen ein viel zu interpretationsabhängiges »Ich wünsch dir einen schönen Tag heute!« gewonnen, als die Wohnungstür leise zurück ins Schloss fiel, so sanft gedämpft, dass es nur Absicht sein konnte. Der Nationalratsabgeordnete wollte jeglichen Kontakt mit ihm vermeiden, nicht einmal die Chance auf eine kleine Szene bekam er, das wurde ihm mit dem leisen Klicken des Türschlosses bewusst, das stumpf in seinem Oberkörper nachhallte und eine latente Übelkeit bei ihm verursachte. Der Nationalratsabgeordnete war nicht mehr greifbar für ihn und Herb Junior konnte sich nicht erklären wieso, denn beruflich schien alles für ihn zu laufen wie erhofft.

»Ich bin eine loyale und ehrliche Person«, sagte er und kam sich blöd vor. »Ich kann sehr gut kochen«, fügte er hinzu und fand, dass man über seine Würzschwäche ruhig hinwegsehen konnte. Sollte sich doch jeder sein Essen nach Eigenbedarf würzen.

Herb Junior hatte heute frei, die Patientinnen waren immer noch zögerlich und wollten offenbar erst mit dem Pensionsantritt des Seniors endgültig zu ihm wechseln. Es war ihm egal, nein, es kam ihm sogar gelegen, wenn er sich nicht täglich mit Unterleibern und deren Pathologien auseinandersetzen musste. Es roch nach Frauen in der Praxis, nach Desinfektionsmitteln, Hygienespülern und ganz speziell nach dieser aufdringlichen Süße, die ihm unter anderem die Zubereitung von Risotto vergällt hatte. Nach einem Tag voller Zervixabstriche und der Beurteilung unterschiedlich konsistenter Ausflüsse schaffte er es einfach nicht, in einem Topf mit matschigem Reis regelmäßig umzurühren, ohne auf schreckliche Gedanken zu kommen. Ihm war, als würde ihn die verhasste Weichheit der Frauen überallhin verfolgen, um ihn zu zersetzen, selbst weich zu machen, indem sie ihn mit ihrer schleimigen Süße überzog, wenn er seinen Finger in eine Frau tauchte oder den Löffel in ein breiiges Reisgericht.

Er würde heute Steak mit Pilzen grillen, beschloss Herb Junior. Vielleicht einen Salat dazu, viel wahrscheinlicher Maiskolben. Ein solides Abendessen mit dem Fokus auf Proteinen und einer dezent phallischen Grundästhetik. Der Nationalratsabgeordnete würde das zu schätzen wissen, da war sich Herb Junior fast sicher.

Er nahm Albis Leine vom Schlüsselbrett, hakte sie im Halsband des am Fußboden schlafenden Tieres ein und zog ungeduldig daran.

»Komm, Albi, wir gehen einkaufen.«

Im Stiegenhaus war es kalt, jemand hatte wieder die Tür offengelassen. Herb Junior grub sein Kinn in den Schal, als er den Lift verließ. Im Hauseingang stand ein Mann, so starr, dass Herb Junior einen Moment lang brauchte, um ihn nicht als Skulptur einzuordnen. Ein Junkie, schon wieder, dachte er und konzentrierte sich darauf, seine Schritte nicht langsamer werden zu lassen, er wollte auf keinen Fall zögerlich oder gar ängstlich erscheinen. »Hallo«, sagte er und freute sich, dass seine Stimme tatsächlich unbefangen klang. »Hallo«, antwortete der Mann, der wässrige rote Augen hatte und offenbar nicht in der Lage war zu bemerken, dass er fast den ganzen Gang verstellte. Herb Junior schob sich an ihm vorbei, ohne die Wand zu berühren, Albi trabte hinterher, seine Krallen klackerten laut auf dem Steinboden. Herb Junior wusste, dass ganz in der Nähe viele Junkies morgens ihr Methadon abholten und die unversperrten Hauseingänge nutzten, um es in den Stiegenhäusern ungestört gegen besseren Stoff zu tauschen. Der Nationalratsabgeordnete hatte sich deswegen ein paar Mal bei der Hausverwaltung beschwert, aber da die Lieferanten der Bäckerei im Erdgeschoß ein und aus gehen mussten, konnte man das Problem nicht wirklich zufriedenstellend lösen. Herb Junior war es egal, er hatte selbst fast jede Art Droge ausprobiert in seiner Studienzeit. Der Mann sah außerdem gut aus, trotz seiner ungepflegten Aufmachung und den geröteten Augen. Herb Junior fand, dass sein »Hallo« interessiert geklungen hatte, offen und interessiert, überraschend für jemanden, dessen Wahrnehmung offensichtlich stark beeinträchtigt war. Draußen auf der Straße blieb er kurz stehen und wartete, bis Albi sein Geschäft verrichtet hatte. Er zog ein Hundekotsackerl aus dem nächst gelegenen Spender und schämte sich ein wenig, weil er explizit darüber nachdachte, wie wohl der Intimbereich eines Junkies riechen mochte.

SIE HATTE SICH ein wenig in den Mann namens Klaus verliebt, selbstverordnet. Karin fühlte sich bereit für etwas Neues, sie wollte nicht für immer allein mit Helene leben, denn das Kind wurde größer und entwickelte sich nicht so, wie Karin sich das eigentlich vorgestellt hatte. Nach der Scheidung hatte sie sich mit dem Gedanken getröstet, dass dieser Einschnitt das Kind und sie zusammenschweißen würde, dass ihre Bindung sich ungleich stärker und fester entwickeln müsste, wenn sie beide für sich lebten.

Helene wurde leider immer burschikoser, als wollte sie sich selbst den Vater ersetzen. Sie bettelte darum, die schönen langen Haare raspelkurz schneiden lassen zu dürfen, was ihr Karin mit Nachdruck verbot, denn sie wollte es ihrem Kind nicht schwerer im Leben machen als nötig. Helene zog freiwillig nichts anderes mehr an als Hosen, ein modischer Umstand, den Karin schweren Herzens akzeptierte. Sie konnte es sich jedoch nicht verkneifen, Hosen nur mehr Beinkleider zu nennen und ausschließlich Modelle mit Glitzerapplikationen, femininen Aufdrucken oder kleinen Blumenstickereien zu kaufen, selbst wenn Helene morgens brüllend auf dem Fußboden lag und sich weigerte, überhaupt erst die Socken anzuziehen.

Karin war es leid, diese Kleinkriege auszufechten, sie hätte sich gerne wieder öfter sich selbst gewidmet, wie früher, wo sie zwei Wochen lang in Ruhe überlegen konnte, welche Form der Enthaarung am schonendsten für ihre empfindliche Haut war. Sie brauchte jemanden, der sie unterstützte und entlastete, damit sie nicht im Zeitraffer hinwegalterte und irgendwann mit einer manischen Vorliebe für Esoterik und einer kleinen, aber feinen Siamkatzenzucht endete.

Um den nötigen Veränderungsprozess einzuläuten, beschloss sie, jeden Abend vor dem Einschlafen schwärmerisch an den Mann namens Klaus zu denken, so lange, bis sich ihr Herzschlag beschleunigte und sie unruhig wurde, erst dann erlaubte sie sich, einzuschlafen. Manchmal fragte sie sich, ob es klug war, Schlaf und Liebe aufeinander zu konditionieren, aber sie fand untertags keine Möglichkeit, länger an ihn zu denken. Der rasende Herzschlag passierte jedoch nicht von selbst, sie musste den Mann namens Klaus dazu mental sezieren, von oben nach unten seine Vorzüge durchgehen, von außen nach innen sein Potenzial überdenken.

Es half ihr auch, Informationen über ihn zu sammeln, soweit das unverfänglich möglich war als seine Nachbarin. Stand sein Mist vor der Wohnungstür, nutzte sie die Wartezeit auf den Lift, um einen genaueren Blick darauf zu werfen. Die fehlende Eleganz seines Konsumverhaltens, die sich in den fettigen Aluminiumüberresten einer »Snacksalami im praktischen Brotmantel« manifestierte, wurde durch die Tatsache wettgemacht, dass ein Mann mit einer solchen Ernährung garantiert alleinstehend sein musste.

Sie lächelte dann milde, wenn sie den Lift betrat, und überlegte auf dem Weg nach unten, wie viel Spielraum seine Figur nach oben hatte, da er überraschend schlank war für einen Snacksalamiliebhaber, wenn auch mit schlaffem Körpertonus.

DER MANN NAMENS Klaus beobachtete Karin gerne durch den Türspion, wenn sich die Gelegenheit dazu ergab. Er lag nicht etwa auf der Lauer oder führte Buch über ihre Ausgehzeiten, natürlich nicht, denn dann hätte er sich wohl selbst als einen Besessenen betrachten müssen, aber er war durchaus für eine gewisse Geräuschabfolge sensibilisiert. Fast immer, wenn er eine Tür laut ins Schloss fallen hörte, unterbrach er alle Tätigkeiten und rutschte auf seinen Socken lautlos Richtung Tür. Er vermied es, richtige Schritte zu machen, da sein Parkettboden im schlecht geheizten Türbereich dazu neigte, unvorhersehbare Geräusche zu produzieren. Er wusste, wie hellhörig das gesamte Haus war, und wollte Karin auf keinen Fall erschrecken, wenn sie im Stiegenhaus in ihrer Handtasche nach dem Schlüssel kramte und dabei »Scheiße, scheiße, scheiße« murmelte. Sie schaffte es nie, sich vor dem Zuwerfen der Wohnungstür über den Aufenthaltsort ihres Schlüsselbundes im Klaren zu sein, eine Tatsache, die ihn mit der Zeit etwas nachdrücklicher an ihren geistigen Fähigkeiten zweifeln ließ.

War er an der Tür angelangt, dann schob er das silberne Plättchen, das den Türspion abdeckte, langsam mit zwei Fingern nach oben, komplett geräuschlos. Einmal war es ihm entglitten und für seinen Geschmack zu laut über dem Spionageloch hin- und hergeschwungen, der Mann namens Klaus hatte sich sofort geduckt, ein komplett sinnloses Unterfangen, und die Sekunden gezählt, bis er die sich schließende Lifttür hörte. Trotz dieses kleinen Zwischenfalls hatte es keine signifikante Verzögerung im üblichen Zeitablauf gegeben, was ihn einigermaßen beruhigte. Den Türspion bediente er daraufhin nie wieder einfingrig.

Karin war meist in Eile, häufig legte sie sich ihren Schal erst um, während sie auf den Lift wartete. Der Mann namens Klaus liebte ihre gehetzte Unsicherheit, am allermeisten genoss er es, wenn sie in der Spiegelung der silbernen Lifttür eine Unzulänglichkeit an sich entdeckte und darüber leicht errötete. Wenn sie einen Zahnstocher aus einem kleinen Beutel in ihrer Handtasche kramte und Essensreste aus ihren Zahnzwischenräumen schob, sich Lippenstift von den Schneidezähnen wischte oder ein graues Haar auszupfte, während sie mit einem Bein die Lifttür blockierte, wuchs in ihm das Verlangen, ihr Leben ein wenig in seine Hände zu nehmen und eine kleine Rolle darin zu spielen. Er mochte die Vorstellung, dass er ihre Stimmung beeinflussen konnte, ohne direkt in Kontakt mit ihr zu treten. Er säte die Unsicherheiten, indem er sie im Elternforum verfolgte, und erntete sie dann ausgereift hinter dem Türspion, wenn Karin ihr eigener Anblick in kleinere und größere Schamzustände verfallen ließ.

Er hatte natürlich auch versucht, zu diesem immer gleichen Schauspiel zu onanieren, aber es reichte irgendwie nie ganz, Karin verschwand zu schnell im Lift und seine Fantasien mit ihr, einmal war sogar nahtlos anschließend die Hausbesorgerin im Stiegenhaus erschienen und hatte unerlaubt am Treppengeländer festgemachte Fahrräder fotografiert, was zu einem dauerhaften Erektionsschwund beim Mann namens Klaus geführt hatte. Er mochte eine konstante Grundspannung sowieso viel lieber als die schnöde Entladung, diesbezüglich hielt er sich fast für ein tantrisches Naturtalent.

MAGDALENA SASS AM Esstisch und ärgerte sich darüber, in welchem Ausmaß sie verlernt hatte, allein zu existieren. Wenn sie genauer darüber nachdachte, dann hatte sie streng genommen noch nie allein existiert. Sie hätte gerne ein Stück Salami gegessen, nicht nur in den Mist geworfen. Es wurde von Tag zu Tag schwieriger für sie, nicht einfach hineinzubeißen in die gewohnte Sorglosigkeit mit Fenchelnote. Offiziell, sozusagen vor ihrer eigenen inneren Richterin, gab sie Herb Senior die Schuld daran, dass sie es nicht weiter aus der Wohnung herausschaffte als bis hinauf zu den Pflanztrögen auf der Dachterrasse. Inoffiziell brachte ihr neuer Zustand sie auf unangenehme Gedanken.

Um diese im Griff zu haben, lag vor Magdalena ein kleines Notizbuch, in das sie drei verschiedene Lebensverläufe hineingeschrieben hatte, schwungvoll und sauber mit Bleistift, jeden Fehler sofort ausradiert und überschrieben. Drei Optionen für ihre Zukunft konnte sie sich vorstellen und keine einzige davon erfüllte sie mit Freude.

Die denkbar schlechteste von ihnen war, wenn Herb Senior eines Tages auf die Idee käme, sie zu verlassen, denn sie hatte keinen Anspruch auf Pensionszahlungen, dazu reichten ihre Berufserfahrungen als Innenausstatterin nicht aus. Sie besaß Schmuck im Wert eines Mittelklassewagens, zwei Gemälde eines erfolgreichen Künstlers und einige Goldmünzen, alle ein Geschenk zu kirchlichen Festen – ihrer Taufe, Firmung und Eheschließung, die Heilige Dreifaltigkeit der Vorsorge.

Ziemlich sicher würde ihr Herb Senior etwas von seinem Vermögen geben müssen, aber ihr Mann war in Finanzangelegenheiten viel versierter als sie, er würde sein Geld im Fall der Fälle zu schützen wissen. Sie konnte nicht einmal ganz genau sagen, wie viel sie insgesamt besaßen, und hatte den Verdacht, dass Herb Senior in diesem Bereich auch keine Transparenz wünschte. Ein paar Mal hatte Magdalena in ihren Bankunterlagen nach dem Passwort für das Onlinebanking gesucht, immer war es ungültig gewesen. Herb Senior hatte versprochen, sich darum zu kümmern, und sie hatte ihren Investigationsdrang wieder für ein paar Monate vergessen.

Die zweitschlimmste Option für ihren Lebensabend war, gemeinsam mit Herb Senior alt zu werden, denn damit wäre sie zwar entbunden von jeglichen finanziellen Sorgen, müsste sich aber zum Ausgleich damit abfinden, ihr ohnehin schon eingeschränktes Reich dauerhaft mit einem Mann zu teilen, der bei allem, was er tat, überdurchschnittlich viel Raum beanspruchte. Sie könnten die Wohnung verkaufen und aufs Land ziehen, Magdalena mochte die Vorstellung eines eigenen Gartens und vielleicht sogar Schlafzimmers. Aber sie hatte keine Idee, wie sie diesen Wunsch unbemerkt in Herb Senior einpflanzen könnte. Hier mit ihm in der Wohnung zu bleiben würde sie wohl auf Dauer nicht ertragen, sie machte sich da keine Illusionen.

Die beste Option war die Verwitwung, obgleich Magdalena zugeben musste, dass dies ein Armutszeugnis bezüglich ihrer eigenen Lebensentscheidungen darstellte. Sie würde alles erben, eine Witwenpension bekommen und so weiterleben können wie bisher, mit dem Unterschied, dass sie nachts nicht mehr aus dem Schlaf gerüttelt würde von einem seit Jahren übergewichtigen Gatten, der sich nie für eine dauerhafte Lagerung seiner Fleischmassen entscheiden konnte.

Sie war sich sicher, dass Herb Senior sie noch nie betrogen hatte, denn sie hätte es gerochen, so oder so. Entweder den Duft der anderen Frau oder die Frische einer erst kürzlich erfolgten Dusche, das war unerheblich, denn Magdalena hatte eine präzise olfaktorische Erwartung an Herb Seniors Geruch, eine beißende Mischung aus Sportdeodorant, Sterillium und einem Herrenparfumklassiker, wenn er von der Praxis nachhause kam, und die hatte er bisher jeden Tag erfüllt. Bei näherem Kontakt vermochte

Magdalena sogar seine Ernährung zu erriechen, nämlich an der Zusammensetzung seines Hautfettes, denn im Talg reicherten sich über einen Tag zum Beispiel sauer riechende Bakterien an, wenn er es mit laktosehaltigen Produkten übertrieben hatte. Eine Frau hätte sie unter allen Umständen herausgerochen, deshalb neigte Magdalena auch nicht zur Eifersucht. Mit Hilfe ihrer Nase hatte sie Herb Seniors Lebenswandel auf elegante Weise immer unter Kontrolle, konnte sich obendrein selbstsicher und edelmütig geben, obwohl sie jede Konkurrentin höchstwahrscheinlich getötet hätte. Natürlich nicht, weil sie Herb Senior so liebte, bei der Vorstellung, dass eine andere Frau Geschlechtsverkehr mit ihm hatte, empfand sie hauptsächlich Dankbarkeit, aber eine Scheidung war nun einmal die schlechteste Option für den weiteren Verlauf ihres Lebensweges. Sie klappte das kleine Notizbuch zu und ging zum Kühlschrank.

Sie wollte den weißen Schimmel der Außenhaut der Salami zärtlich zwischen den Fingern zerreiben, das Messer durch das rote Fleisch gleiten lassen, vielleicht die Schneide vorsichtig ablecken. Sie wollte in die Wurst hineinbeißen und zurücksinken, stattdessen warf sie die abgeschnittenen Scheiben in den Mist und fand sich ausreichend konsequent, weil sie nur gierig an ihren fettigen Fingern roch.

KARIN HATTE ERST zwei Tage nach der Liftfahrt die losen
Enden zusammengeführt. Der Mann namens Klaus war
nervös gewesen, wie eigentlich immer in ihrer Gegenwart, sie hatte es wohlwollend hingenommen, so wie sie
das meistens tat, wenn sie davon ausging, anziehend zu
wirken. Sein verbliebenes Resthaar stand wild vom Kopf
ab, ein Friseurbesuch war dringend notwendig, außerdem
sah er müde aus, hatte tiefbraune Augenringe und fahle
Haut. So viel Realität beschämte Karin, wenn sie an ihre
Bemühungen ihn schön zu träumen dachte. Dem Mann
namens Klaus wurde der stete Blickkontakt zu viel, er zog
alle Reißverschlüsse seines Parkas zu, obwohl ihm eigentlich warm war.

»Ich sitze viel zu viel am Computer, wird Zeit, dass ich
wieder mal rauskomme«, sagte er.

»Haha«, lachte Karin und öffnete ihre Handtasche, in
der seit zwei Jahren kein Lippenpflegestift mehr war, um
einen Lippenpflegestift zu suchen. Ein kosmetischer Phan-
tomschmerz durchzuckte sie, so trocken fühlte sich ihr ge-
samter Mundbereich gerade an.

»In der Innenstadt ist dieses Wochenende ein Straßen-
fest, die bieten dort total gutes spanisches Essen an. Die
Churros sollen köstlich sein«, sagte der Mann namens
Klaus.

»Churros sind ordentlich fettig, oder nicht?«, fragte
Karin und wünschte sich einen herbei, um damit ihre Lippen zu ölen.

Die Lifttür öffnete sich in der üblichen provokanten
Langsamkeit und Karin war froh, ihre Beine Richtung
Ausgang bewegen zu können. Im Stiegenhaus stank es ent-
setzlich nach Müll.

»Schönen Tag noch«, sagte der Mann namens Klaus,
hielt demonstrativ die Luft an und überholte sie mit Rie-
senschritten.

Als Karin zwei Tage später im Familienforum einen
Eintrag über das Straßenfest fand, war sie erstaunt darü-

ber, einige Lobeshymnen auf die dort erhältlichen Churros zu lesen. Nur *Apachenträne76* fand sie zu fettig.

Sie bemühte sich, strukturiert nachzudenken, während sich ihr Blut in der Körpermitte sammelte und sie mit eiskalten Fingern einen Abschiedsthread eröffnete. Sie würde zu viel Zeit im Forum verbringen, sie müsse wieder mehr raus ins echte Leben, sie bedanke sich für die schöne Zeit und werde sicherlich hin und wieder in ausgewählte Threads hineinlesen. Nach kurzer Zeit hatte sie drei Seiten mit den üblichen Abschiedsbeiträgen angesammelt, *Apachenträne76* blieb stumm, obwohl er online war.

DER MANN NAMENS Klaus machte einen Knoten in das Kondom. Es war nicht gut gefüllt und roch streng, er zog den Knoten vorsichtig fest und tupfte es von außen mit Küchenrolle ab. Der Erdbeergeschmack würde seinem Vorhaben leider eine unerwünscht infantile Note verleihen, er ärgerte sich im Nachhinein über seine Kaufentscheidung. Aber Nadine hatte eine Vorliebe für synthetische Geschmäcker aller Art gehabt, mit Schaudern erinnerte er sich an den Geruch ihres Kaugummis, saurer Apfel, der den ebenso sauren Mundgeruch in ihren nahrungsarmen Phasen nur unzureichend zu übertünchen vermochte.

Er legte das Kondom behutsam in eine kleine türkise Schmuckschachtel zum Aufklappen. Langsam schloss er den Deckel, um den Schnappmechanismus abzufedern und rechtzeitig die überquellenden Gummiteile in den mit hellgrauem Satin ausgekleideten Innenraum hineinzustopfen wie in einen süßen kleinen Sarg. Die Schachtel steckte er in ein großes Kuvert, auf das er mit Füllfeder »Karin« schrieb, ein kleines Herz daneben malte, sich über die ungleiche Ausprägung der Herzkammern ärgerte und das Ganze mit Schwung unterstrich, wobei die Tintenpatrone versagte und die Feder ein Loch ins Papier riss. Er wiederholte den ganzen Vorgang zu seiner Zufriedenheit mit einem neuen Kuvert.

Den Rest des Tages versuchte er erst gar nicht, sich mit irgendetwas anderem außer dem durchwachsenen Musikgeschmack der Nachbarn zu beschäftigen, ausnahmsweise einmal ohne sich mit dem Handy in deren System einzuhacken und die Lautstärke zu drosseln. Heute spielten sie eine Art afrikanische Volksmusik, der Mann namens Klaus war kein Experte in diesem Bereich, aber das Trommeln tat seiner Stimmung überraschend gut, er konnte seinen erhöhten Herzschlag darauf abstimmen und ihn so vor der endgültigen Entgleisung bewahren. Er lag ausgestreckt auf dem Sofa, leer und erleichtert, das Kuvert auf dem kleinen Tisch davor, und wartete darauf, dass sich die Sonne endlich vom Himmel verabschieden und die Lichtverhältnisse ihn zuerst auf die unvermeidbare tägliche Staubschicht auf den Möbeln hinweisen und dann in die langsame Verdunkelung führen würden.

HERB SENIOR HATTE innerhalb der letzten Jahre eine gewisse Ungeduld und Gereiztheit entwickelt, was seinen Umgang mit Frauen in der Kinderwunschphase betraf. Insbesondere wenn diese Frauen älter waren, als es Herb Senior für gut befand. Italienische Kollegen hatten eine Studie veröffentlicht, die zu dem Ergebnis führte, dass ein Hauptgrund der Unfruchtbarkeit, die chronische Gebärmutterschleimhauterkrankung Endometriose, besonders gehäuft bei überdurchschnittlich attraktiven Patientinnen in ihrer stärksten Ausformung auftrete. Er selbst hätte dies gerne anhand einer Gegenstudie widerlegt, wäre die These nicht grundlegend unwissenschaftlich gewesen. Damit kamen nur die Italiener durch, jeder andere Gynäkologenverband hätte sich nachhaltig blamiert mit einer Veröffentlichung dieser Art. Denn Herb Senior fand im Gegenteil, dass Unfruchtbarkeit oft mit einer gleichermaßen mentalen wie auch körperlichen Schwäche einherging, die den Attraktivitätsgrad der Betroffenen sogar deutlich schmälerte. Diese Frauen waren älter, übergewichtig und signifikant häufig starke Raucherinnen. Sie schleppten ihre armen Männer zu Spermientests, wo doch an ihrem über den Behandlungsstuhl quellenden Hüftspeck mit freiem Auge ersichtlich war, dass jegliche Eizellreifung empfindlich gestört sein musste. Sie behaupteten fast alle, regelmäßig Sport zu treiben, aber wenn sich Herb Senior für den Abstrich an ihren Oberschenkeln abstützte, verschwand seine Hand in wogenden Fleischbergen ohne die geringsten Muskeln. Er hatte genug von diesen Frauen, die ihn anjammerten, als wäre er Zeus höchstpersönlich, potent genug, um jeden Härtefall schwanger zu bekommen. Sie wollten nie die Wahrheit hören, sie hatten keinen Sinn für Statistiken, Wahrscheinlichkeiten und Risiken, nein, sie saßen auf seinem Stuhl und seufzten traurig, wenn ihre Schleimhäute den Aufbau verweigerten und sie innerlich wie in jedem Monat wieder einmal völlig umsonst das Kinderzimmer dekoriert hatten. Ihre Männer hätten

Herb Senior höchstwahrscheinlich leidgetan, wären sie nicht allesamt selbst schuld gewesen, sich in eine dermaßen entwürdigende Situation treiben zu lassen. Sie saßen mit hängenden Schultern und schütterem Haarwuchs bei den Infoabenden über Fertilitätsmedizin und hofften inständig, dass sie von ihrer Stimme in der nächsten Stunde keinen Gebrauch machen mussten. Manch einer wurde extra gedemütigt, indem seine Partnerin in frappierender Schonungslosigkeit die genauen Parameter seines mehr als ungenügenden Spermiogramms offenlegte. Dann sanken die Schultern noch ein Stück tiefer, während die Gattin mit Raucherstimme und Waden, die den Stretchanteil der Leggins bis zum Maximum strapazierten, seine deformierten Spermienköpfe und deren orientierungslose Schwimmtechnik beklagte.

Herb Senior würde diese Frauen sicherlich nicht vermissen, wenn er erst in Pension war. All ihre Hoffnungen hatten sich im Laufe der Jahre auf ihn gelegt wie eine fettige Staubschicht, denn im Rahmen der Legalität war es ihm fast komplett unmöglich, einer Mitte Vierzigjährigen zum erwünschten Nachwuchs zu verhelfen, und er mochte es nicht, dass diese Frauen immer fordernder wurden. Die Qualität einer Eizelle war eben unveränderbar, und es ärgerte ihn, wenn seine Patientinnen dies einfach ignorierten. Es ärgerte ihn auch ein bisschen, dass er keinen Einfluss auf die Eizellen nehmen konnte, aber das hätte er natürlich so nie zugegeben.

MAGDALENA ASS WIEDER täglich von der Salami, wie früher, kaute sie schicksalsergeben klein, erfreute sich gleichermaßen an Geschmack und Wirkung. Sie begrüßte den Nebel, der sich wie gewohnt zuverlässig über sie legte, und fühlte sich beinahe gestört von der Klarheit in ihrem Kopf, wenn er sich lichtete.

Wenn sie abends mit Herb Senior vor dem Fernseher saß und er über die ethischen Grundsatzfragen der Embryonenspende monologisierte, ein Thema, zu dem sie beim besten Willen keine Meinung generieren konnte, war ihr Zusammensein nur erträglich, wenn sie Wurst gegessen hatte, sie hörte seine Stimme brummend im Hintergrund und ihr Magen vibrierte wohltuend, wenn er sich in Rage redete. Dazu genoss sie das Flimmern des Fernsehers, die rasche Abfolge der Bilder, die es gar nicht darauf anlegte, verstanden zu werden. Manchmal nahm sie seine Hand und tätschelte sie, wenn er beim Sprechen vor lauter Erregung auf den gläsernen Couchtisch spuckte. Sie beobachtete die schaumigen Tropfen, die im Laufe der nächsten Stunden antrockneten und kleine Ränder hinterließen. In solchen Momenten liebte sie Herb Senior, seine schweißglänzende Stirn erschien ihr küssenswert, aber sie hatte nicht die Kraft, sich aus der Sofamulde zu erheben, außerdem hatten sie den näheren Körperkontakt schon seit Jahren eingestellt.

Ließ an einem solchen Abend jedoch die Wirkung der Tabletten nach, weil die Wurst zu schwach dosiert oder zu früh verzehrt worden war, dann empfand Magdalena ihre trotzdem einsetzende Lähmung nicht als wohltuend, sondern nur als quälend. Herb Senior perforierte ihr Trommelfell mit spitzen kleinen Wörtern, die sie nicht einordnen konnte, nach spätestens einer halben Stunde steckte die »Ethik« in all ihrer Sperrigkeit in ihren Gehörgängen fest. Sie hörte nichts anderes mehr und es piekste unangenehm, jedes Mal, wenn er das Wort aussprach. Ihr Magen hob sich bedrohlich, als wollte er alles nach oben hin auskippen, wenn Herb Senior seine Bassstimme erhob und gegen die profitorientierte Gesetzgebung Osteuropas im Bereich der Fertilitätsmedizin wetterte. Sie sah seine schweißglänzende Stirn, die kleinen Tropfen, die sich auf seiner Haut bildeten und aus seinem Mund sprühten, und bekam das Gefühl, dass ihr Mann ein großes Dampfschiff mit einem winzigen Leck war, das in den kommenden Jahren zu seinem Untergang führen würde. Magdalena fragte sich, ob sie so lange warten wollte oder man sinkende Schiffe besser verließ, selbst wenn sich das Festland in unerreichbarer Ferne befand. Meistens reichte sie ihm daraufhin ein Taschentuch, er unterbrach dann irritiert seinen Sermon und tupfte sich die Stirn trocken.

ALS SIE DIE Schachtel öffnete, quoll ein Kondom heraus und berührte ihre Finger. Erschrocken ließ Karin alles fallen. Ihr war bewusst gewesen, dass man diese Art von anonymer Post nicht einfach so öffnen sollte, aber die Magie der türkisen Schachtel wirkte ungeheuer intensiv auf sie. Sie wollte solche Schachteln öffnen, dabei das Gewicht spüren, die Ernsthaftigkeit des Schenkenden und ihre angestauten Erwartungen mit einem lauten »Oh!« in die Freiheit entlassen. Sie wollte Ringe anprobieren und ins Licht halten, getarnt als schieres Entzücken, während ihr geübtes Auge nach Einschlüssen in den Diamanten suchte. Sie wollte sich Ketten anlegen lassen und vor dem Spiegel zärtlich darüberstreichen. Sie wollte den Kaufpreis nachrechnen und einordnen, Karin mochte Schmuck am liebsten als Gradmesser für Gefühle. Das war ehrlich, das war messbar und es glitzerte obendrein. Die türkise Schachtel stand für Qualität, für einen hohen Feingoldgehalt, für ernste Absichten, da setzten ihre Vorsichtsmaßnahmen einfach aus.

Jetzt lag das Kondom auf dem Fußboden wie eine am Strand angespülte halb vertrocknete Qualle, daneben die Schachtel mit höhnisch aufgerissenem Maul, und Karin fing an zu weinen.

Als sie eine Woche später im Müllraum das Altpapier portionsweise in die überfüllte Tonne drückte, fiel ihr ein Kuvert ins Auge. Es war ungelenk mit ihrem Namen beschriftet, leicht eingerissen, das Herz neben dem Schriftzug stark deformiert und als solches fast nicht mehr erkennbar.

»ARSCHLOCH«, SAGTE HERB Junior laut und wiederholte das Wort gleich mehrere Male, um der Situation den nötigen Nachdruck zu verleihen. Der Nationalratsabgeordnete lächelte dem irritierten älteren Paar vom Nebentisch zu und zuckte mit den Schultern.

»Es wäre schön, wenn du mich etwas leiser beschimpfen könntest«, sagte er zu Herb Junior und schob ihm den Brotkorb hin.

Herb Junior bereute seinen Ausbruch längst, es hätte keines Brotkorbs bedurft, um ihn zur Vernunft zu bringen, immer leiser wiederholte er das Wort, das komplett die Form verloren hatte und mittlerweile klang wie eine Liebkosung. Als er keine Kraft mehr hatte, auch nur einen einzigen Buchstaben mit Lautstärke zu behauchen, nahm er sich ein Stück Sauerteigbrot, tunkte es in Olivenöl, tropfte ein grünliches Muster auf das weiße Tischtuch und schob das Stück Brot in seinen Mund, in erster Linie, um beschäftigt zu sein. Man konnte nichts erwarten von einem Menschen, der kaute. Die Frau vom Nachbartisch sah ihn mitleidig an und Herb Junior tupfte sich zur Sicherheit das Kinn mit der Stoffserviette ab.

»Ich hatte gehofft, du würdest mich besser verstehen«, sagte der Nationalratsabgeordnete. »Es liegt nicht an dir, es liegt an den Umständen. Die Umstände sind einfach problematisch, ich bin gewissen traditionellen Werten verbunden, finde das ja auch gut, grundsätzlich, wenn du verstehst, was ich meine.«

Herb Junior gab sich aus Prinzip keine Mühe zu verstehen, er fragte sich aber, ob der Kellner mit seinem auftrainierten Brustkorb und der beeindruckend exakten Bartkontur in Frage käme für den Nationalratsabgeordneten. Wahrscheinlich war er einfach auf der Suche nach einem neuen Körper, Herb Junior kannte das zur Genüge und hatte sich im Laufe seiner letzten Beziehungen Verständnis dafür angeeignet. Es gab so viele schöne Männer, warum sollte man sich beschränken, wenn man nicht musste. Der

Kellner hatte sicherlich diese kleinen Grübchen über dem Po, ein Privileg gut trainierter Menschen mit wenig Körperfett. In diesen Grübchen konnte man gut seine Zeigefinger ablegen, passgenau, wie in elegant designte Haltegriffe. Das Sauerteigbrot wurde nicht weniger in seinem Mund, es hatte sich im Verlauf seiner Gedankengänge in einen schweren Brei verwandelt und rief Herb Junior nun seine Hassliebe zu Kohlehydraten in Erinnerung. Er selbst konnte von Grübchen über dem Po nur träumen, seine Haltegriffe befanden sich seitlich an den Hüften und waren, nun ja, weniger gut designt, eher funktional.

»Soll ich noch mehr Brot bringen«, fragte der Kellner tatsächlich und, wie es Herb Junior erschien, eine Spur verächtlich.

Er schluckte und lächelte. »Danke, nein«, antwortete er. Friss den Scheiß doch selbst, du Boy, dachte er.

»Am besten gibst du mir den Wohnungsschlüssel demnächst wieder, es eilt nicht, aber es wäre gut, wenn wir da klare Fronten schaffen«, sagte der Nationalratsabgeordnete, der den Kellner überraschenderweise keines Blickes würdigte.

»Ich weiß, dass dir auch viel an Albi liegt, du kannst gerne jederzeit mit ihm spazieren gehen. Damit habe ich überhaupt kein Problem und ich glaube, Albi würde es freuen«, fuhr er mit sanfter Stimme fort.

Herb Junior atmete flach und hektisch, ein sicheres Zeichen dafür, dass er wohl bald zu weinen beginnen würde. Er hatte den Wohnungsschlüssel extra am stabilsten Schlüsselring seines Schlüsselbundes befestigt und würde sich garantiert einen Nagel einreißen, wenn er ihn wieder herunterfummeln müsste. Jede gescheiterte Beziehung hinterlässt ihre Wunden, dachte er, und zwei dicke Tränentropfen versickerten bestätigend in der Leinenserviette.

MAGDALENA HATTE IHRE Kinder immer gut gekleidet, darauf war sie stolz, auch jetzt noch, wenn sie alte Fotoalben durchblätterte und dabei mit den Fingern über Abbildungen von Panamahut-Miniaturen, Tweedwesten im Stil der Zwanzigerjahre oder von Taftkleidern mit Bubikragen strich. Greta und Herb Junior waren damals beliebte Fotografieobjekte gewesen, mehrmals pro Woche wurden sie von entzückten, meist asiatischen Touristen abgelichtet, wenn sie mit ihnen in der Stadt unterwegs war.

Sie hatte sich nie irgendwelchen Illusionen darüber hingegeben, dass die Kinder solcherart ausstaffiert nicht in die Außenwelt passten, aber sie nahm es in Kauf, sie gnadenlos herauszustechen zu lassen aus all den Neonfarben und Sweatstoffen der Neunziger. Zuhause gestaltete es sich komplett konträr, mit dem Übertreten der Türschwelle verschmolzen die Kinder mit der Einrichtung, ergaben traumhafte Stillleben auf ihren Holzschaukelpferden oder im Spiel mit dem Kaufmannsladen aus der Nachkriegszeit, liebevoll restauriert und neu bemalt.

Magdalena hatte pünktlich zum Eintritt ihrer ersten Schwangerschaft die Fähigkeit zu malen verloren. Zuerst war es ihr nicht aufgefallen, zu sehr stand die andauernde Übelkeit im Fokus, ein plausibler Grund, warum sie keinen einzigen Farbton mehr anrühren oder gar den Terpentingeruch ertragen konnte. Sie vertagte das Malen auf nach der Geburt, ein Entschluss, der schon hauchzart vom Zweifel unterspült wurde, jemals wieder Zugang zur freien Kreativität zu finden. Magdalena sollte recht behalten, der zügige Eintritt der zweiten Schwangerschaft war begleitet von einer deutlich spürbaren Erleichterung, die Malutensilien guten Gewissens noch länger im Keller verwahren zu dürfen.

Eine Zeitlang kompensierte sie ihre künstlerische Schwellenangst mit dem manischen Besuchen fast aller Ausstellungen, die Wien zu bieten hatte. Sogar eine neue Geldbörse hatte sie sich damals gekauft, damit die zahlreichen Jahreskarten hineinpassten. Sie saß tagelang im Kunsthistorischen Museum vor Raffaels *Madonna im Grünen* und suchte nach einem Zugang zur Hochrenaissance, woran sie bei jedem Besuch ein Stück frustrierter scheiterte. Statt in ihrem Geist einen dauerhaften Eindruck, eine Prägung für die Ewigkeit zu hinterlassen, banalisierte sich das Gemälde von Tag zu Tag immer stärker, bis sie am Schluss nicht mehr als eine vor der Göttlichkeit ihres Nachwuchses kapitulierende Jungmutter darauf erkennen konnte, deren Sohn Jesus, offenbar in der Trotzphase, dem kleinen Johannes sein Holzkreuz entreißen wollte. Magdalena betrat das Kunsthistorische Museum daraufhin nie wieder, und alle anderen Museen mussten der Reihe nach auf sie verzichten, je mehr sie sich eingestehen konnte, dass die Mutterschaft ihr die Kunst verdorben hatte.

Die Kleidung ihrer Kinder in diesem Maße zu inszenieren war das letzte Aufbäumen gegen die harte Realität. Magdalena stimmte sie farblich und stilistisch auf die Wohnraumgestaltung ab, um sie ein klein wenig unauffälliger zu machen, ihr dauerhaftes Eindringen in das Leben ihrer Mutter etwas abzumildern. Wenn Greta ihr handbesticktes Feincordkleid mit Filzstiften bemalte, spendete es Magdalena tatsächlich Trost, dass der Eindringling in ihr persönliches Wohngemälde nur die Filzstifte waren. Sie hätte ungern die Kinder selbst als Eindringlinge betrachtet. Im Laufe der Zeit kam tatsächlich Liebe auf, ganz unspektakulär wurde ihr dies bewusst, als sie Herb Junior beim Klimpern auf dem Flügel beobachtete, die Schiebermütze ganz in den Nacken gerutscht und zwischendurch immer wieder an einem der Hosenträger zupfend. Die Kinder hatten sich optisch an das Interieur angeglichen, alles zusammen ergab ein stimmiges Bild, das Magdalena mit den übrigen Unannehmlichkeiten der Mutterschaft fast versöhnte.

»PRINZESSINNEN SIND AUCH nur Menschen, Mama, halt mit einer Krone«, sagte Helene, um sich selbst darauf einzuschwören, dass die dauerlaufende Rotznase ihrem Faschingskostüm keinen ästhetischen Verlust zufügen würde. Karin lachte und zupfte die Blätter der Glitzerblumen auf Helenes pinker Prinzessinnenrobe zurecht. Sie versuchte, die zuckenden kleinen Augenlider ihrer Tochter mit pinkem Lidschatten zu überziehen, ohne dabei ungeduldig zu werden. Zwischendurch reichte sie ihr ein Taschentuch, der Rotz war grellgrün und zog lange Fäden, Karin hatte noch nie verstanden, wie ein kleiner Körper in diesen kurzen Zeitintervallen solche Mengen an Schleim produzieren konnte.

»Der Laurenz geht als Höhlenmensch«, sagte Helene und starrte fasziniert auf ihren Naseninhalt im Taschentuch. Offenbar war sie noch immer nicht ganz im Reinen mit ihrer Kostümierung, aber Karin fand, der Bestechungsbesuch im Spielzeuggeschäft hatte sich ausgezahlt, Helene hielt ihren Teil der Abmachung überraschend gesittet ein.

»Halt still, sonst wird das nichts«, sagte Karin, unzufrieden mit dem Pinkton des Lidschattens, der auf dem Auge viel zu pastellig aussah. Sie tauchte den Pinsel in Helenes Teetasse und nahm neuen Lidschatten auf. Danach öffnete sie die Dose mit den Glitzerpigmenten und stäubte sich eine kleine Menge davon auf den Handrücken.

»Der Laurenz hat sogar eine aufblasbare Keule, damit tötet er Saurier fürs Abendessen, hat er gesagt. Aber Saurier und Menschen waren doch nie gleichzeitig auf der Welt, oder?«, fragte Helene und zwinkerte, weil ihr einige Glitzerpartikel ins Auge gekommen waren.

»Halt still, ich mach das schon«, sagte Karin und tupfte die Tränenflüssigkeit mit dem Zipfel eines Taschentuchs ab. »Nein, Saurier und Menschen waren nie gleichzeitig auf dem Planeten.«

Karin half Helene in ihre Winterstiefel und schloss vorsichtig den Reißverschluss ihrer Jacke, ohne dabei eine der filigranen Blüten auf dem Kostüm einzuzwicken.

»Haube geht heute nicht, heute trag ich Krone«, sagte Helene und beeilte sich, noch vor einer Antwort aus der Wohnung Richtung Lift zu entwischen.

Die Wohnungstür einen Halbstock über ihnen ging auf und vier schwarz gekleidete Männer mit aufgeklebten dünnen Schnurrbärten und Gehstöcken betraten gut gelaunt das Stiegenhaus. Helene betrachtete sie finster, zwei der Herren winkten ihr zu. Karin erkannte den Nationalratsabgeordneten der unwählbaren Partei erst auf den zweiten Blick, dieser Schnurrbart stand ihm überhaupt nicht. Er schien schon einiges getrunken zu haben, zumindest machte es ihm nichts aus, dass seine Stimme laut durch das ganze Stiegenhaus hallte.

Karin griff nach ihrem Handy und der Handtasche und murmelte einen halben Gruß in Richtung Männergruppe, die offenbar etwas in der Wohnung vergessen hatte und unschlüssig vor der Tür herumstand, während der Nationalratsabgeordnete leichte Schwierigkeiten hatte, den Schlüssel ins Türschloss einzuführen. Sie betrat den Lift, dessen Tür wie üblich von Helene blockiert wurde, und drückte auf EG.

»Ich wollte eigentlich drücken, Mama«, sagte Helene.

»Darf ich noch mit?«, fragte der Mann namens Klaus und stand schon neben ihr. Karin hatte ihn gar nicht bemerkt, sie schob Helene an den Schultern vor sich und versuchte, einigermaßen unbefangen zu lächeln. Er sah seltsam aus heute, leicht verschwitzt und trotzdem nicht gut durchblutet, Karin hoffte, dass er nicht krank war und seine Viren hier auf engstem Raum verbreitete. Seine Anwesenheit allein war ihr widerwärtig genug, auf virale Nachwirkungen dieses Zusammentreffens konnte sie gerne verzichten.

»Als was gehst denn du überhaupt?«, fragte Helene.

»Ich geh als Computer-Hacker«, antwortete der Mann namens Klaus und lächelte etwas zu spät.

»Ist das ein Bösewicht?«, fragte Helene.

»Kommt darauf an«, antwortete Karin und schob Helene aus der offenen Lifttür. »Komm, wir müssen uns beeilen, der Bus fährt in einer Minute.«

»Das ist aber eine komische Verkleidung«, flüsterte Helene auf dem Weg nach draußen und Karin musste ihr innerlich recht geben.

HERB JUNIOR HÄTTE noch vor einem Jahr jeden ausgelacht, der ihm prophezeit hätte, dass er jetzt hier sitzen würde, allein, und eingelegte Tannenzapfenscheibchen an mit Distelöl marinierten Wildkräutern laut, deutlich und dreisätzig lobte. Selbst der Kellner wusste mit derart explizit zur Schau gestellter Euphorie nicht viel anzufangen, er war jedoch sehr froh, heute endlich einmal alle Kräuter richtig zugeordnet und nicht wie üblich Gundermann und Brunnenkresse verwechselt zu haben. Es überschritt eigentlich eine Grenze für ihn, bei einem offenkundig tief verzweifelten Gast, der zwischen dem Gruß der Küche und der Suppe heimlich in Tränen ausgebrochen war und dabei so stark lächelte, dass der Kellner erst einen epileptischen Anfall vermutet hatte, diese klerikal angehauchte Zwischengangsshow zu zelebrieren, bei der er erst mit einer getrockneten Distel das Öl über die Wildkräuter wedelte wie ein Pfarrer das Weihwasser über seine Lieblingsministranten und dann ein Stück Sauerteigbrot aus dem überdimensional großen Laib brach. Dazu musste er es in zwei Stoffservietten wickeln und zwischen seinen Knien einklemmen, eine Technik, die er nach zahlreichen Blamagen und einigen verunstalteten Brotlaiben perfektioniert hatte, denn die Küche wollte partout nicht abrücken von diesem theatralischen Ritual.

Herb Junior war dafür in seinem momentanen Zustand der schmerzhaften Einsamkeit höchst empfänglich, seine Augen füllten sich mit Tränen der Rührung, als die Kräuter das segnende Öl empfingen, und während er das Stück Brot entgegennahm, rollten sie in tiefer Dankbarkeit die geröteten Wangen hinab, tropften hinein in die kleinen handgetöpferten Schälchen und führten die marinierten Wildkräuter zur endgültigen Vervollkommnung durch ihre tief empfundene salzige Komponente.

Bis zum Hauptgang hatte er sich so weit gefangen, dass er die aufsteigende Katharsis in sich fühlen konnte, eine Stärke, die wieder freigelegt wurde dadurch, dass die Tränen seinen Körper endlich verlassen konnten. Die kulinarisch-künstlerische Intention der Sous-vide gegarten und danach auf Holzkohle gegrillten Taube begriff er sofort, auch wenn sie ein bisschen angebrannt war, aber darüber sah er hinweg, im echten Leben und metaphorisch. Seine Friedenstaube, innen stark rosa, beinahe leicht blutig, genoss er in langsamer Ruhe. Der Nationalratsabgeordnete würde ab jetzt wohl nur mehr Fischstäbchen essen, dachte Herb Junior und nahm einen Schluck von seinem Biowein, der so stark vergoren schmeckte, dass er kurz eine Beanstandung überlegte, dies aber sogleich verwarf, aus Angst, sich als zu blöd für die gängige Weinmode zu präsentieren. Der Taubenschenkel lag abgetrennt neben der ausgelösten Brust, es waren noch alle Krallen daran. Herb Junior zog das knusprig frittierte Maulbeerblatt, das nur Dekor sein konnte, mit seiner Gabel über die Krallen, bevor er das Fleisch herunterschnitt, und fühlte sich wie ein beschämter Serienmörder, der sein Opfer mit einer Decke verhüllte, um es von seinem Gewissen ungestört in einem Erdloch zu verscharren. Die aufsteigende Übelkeit bekämpfte er mit der einzigen karamellisierten Kirsche auf dem Teller.

Der Kellner stand neben ihm, und erst jetzt fiel Herb Junior auf, dass er in eine Art hellgraue Zwangsjacke gekleidet war und hochkonzentriert den Füllstand aller sich auf dem Tisch befindlichen Gläser im Blick behielt. Herb Junior trank einen besonders großen Schluck Wasser, um ihn in Bewegung zu versetzen und die Starre der gesamten Situation endlich aufzulösen.

MAGDALENA HATTE DAS Gefühl, dass die Dosierung zu schwach wurde. Sie aß brav weiterhin von der präparierten Salami, um kein Aufsehen zu erregen, aber die Wirkung wurde immer schwächer. Sie befürchtete, eine ungewollte Toleranz entwickelt zu haben, und nichts wollte sie weniger als eine noch höhere Hemmschwelle zur inneren Ruhe. Sie hätte gerne selbst nachdosiert, aber sie ging davon aus, dass die Tabletten abgezählt waren. So steigerte sie ihren Wurstwarenkonsum und hoffte, dass Herb Senior die richtigen Rückschlüsse daraus ziehen würde. Das tat er nicht.

Wenn sie in der Wohnung saß und die Konturen der Möbel sich viel zu früh wieder nachschärften, die Farben an Banalität gewannen, regelrecht Neon wurden, und der Straßenlärm ihren Kopf Stück für Stück infiltrierte, empfand sie nichts anderes als eine entsetzliche Verachtung für sich selbst, die es nicht ertrug, der Welt und ihrem Gatten entgegenzutreten, sondern es vorzog, sich durchgehend medikamentös weich zu zeichnen und in ihren eigenen Alltag unterzumischen wie eine irrelevante Zierzutat.

Als sie aus purer Langeweile die Kartons durchforstete, die Herb Senior vor ein paar Tagen aus der Praxisklinik mit nachhause gebracht hatte, bekam sie zum ersten Mal in ihrem Leben etwas Ähnliches wie eine Panikattacke. Magdalena war mit der genauen Benennung ihres Zustandes zögerlich, denn Panikattacken waren eine ernste Angelegenheit, aber da sie mit jedem Atemzug weniger Luft bekam, bis sie schließlich fast ohnmächtig zu Boden sank, fand sie, diese Begrifflichkeit durchaus nutzen zu dürfen. Sie schaffte es nicht, die säuberlich zwischen dicke Schichten von Zeitungspapier geschlichteten Familienfotos anzusehen, denn bereits der Anblick ihres Sohnes als Schulkind, mit Zahnspange und entzückender Modefrisur, aber schon damals so gänzlich ohne Chance, für irgendjemanden auf diesem Planeten wirklich von Bedeutung zu werden, schnürte ihr die Kehle zu. Das Foto ihrer Tochter, ein außerordentlich hübsch geratenes Kind, löste auf beklemmende Weise gar nichts in ihr aus, sodass Magdalena sich noch einmal kurz versichern musste, dass dieses Wesen einst durch ihr Becken gewandert war, mit der Nabelschnur um den Hals, von Anfang an unwillig. Magdalena wusste nicht mehr, wann sie das letzte Mal an Greta gedacht hatte. Sich selbst erkannte sie erst gar nicht, so alt war die von einem schweren Silberrahmen fast erdrückte Aufnahme. Sie stammte von einem Restaurantbesuch auf einer ihrer ersten Reisen gemeinsam mit Herb Senior, Magdalena erinnerte sich nicht mehr genau daran, wahrscheinlich war es irgendwo in Asien gewesen, denn sie waren jahrelang ausschließlich dorthin gereist, in unterschiedliche Länder, aber mit identischem Reiseablauf. Sie residierten immer in einem Hotel der gehobenen Oberklasse, absolvierten ein privat geführtes Sightseeing-Programm, testeten mindestens drei Restaurants aus den aktuellen Top 10, eine Skybar und die größten Shoppingcenter. Dort kaufte Magdalena Wohnzeitschriften aus der jeweiligen Region und diverses Küchen- und Tafelgeschirr, über das sie dann bei den zahlreichen Abendessen mit Freunden nette Anekdoten zu erzählen wusste. Auf dem Foto lächelte sie, es war ein schönes Lächeln, ein echtes, das noch in ein herzliches Lachen übergehen würde, denn sie erinnerte sich jetzt wieder an die Situation. Herb Senior hatte eine Garnelensuppe bestellt und alle Versuche des Kellners, ihn vor der zu erwartenden Schärfe zu warnen, ziemlich unhöflich übergangen. Das Foto war genau in dem Moment entstanden, in dem er den ersten Löffel probierte und sich sofort verächtlich über die Schwachbrüstigkeit des Schärfegrades äußerte, während gleichzeitig die Schärfe ihre volle Wirkung entfaltete. Der Kellner hatte auf ihre Bitte hin das Foto gemacht und offenbar beschlossen, nur sie zu fotografieren, da Herb Senior damit beschäftigt war, einen halben Liter Bier in einem Zug auszutrinken und das Glas nur abzusetzen, um derbe Flüche auszustoßen, interessanterweise auf Englisch.

Es würde nicht besonders schön werden, jeden Tag mit ihm allein zuhause, dachte Magdalena, schon auf dem Weg in die Küche.

KARIN HATTE AN diesem Morgen einen neuen Beautytrick ausprobiert, der jedoch leider gründlich schiefgegangen war. Sie hatte ihre Wimpernzange kurz heiß angefönt, um die Wimpern damit thermisch zu fixieren und länger in geschwungenem Zustand zu halten. Das Metall der Zange hatte sich aber offenbar zu stark erhitzt und so bogen sich ihre Wimpern derart steil und irreversibel nach oben, dass sie andauernd an ihrem Augenlid anstießen. Karin hoffte, dass sie die Härchen nicht dauerhaft beschädigt hatte, aber sie musste schnell los ins Kaufhaus und entschied daher, vorerst nichts weiter dagegen zu unternehmen. Und so starrte sie den Nationalratsabgeordneten der unwählbaren Partei an wie eine überraschte Mangafigur, als er den Lift betrat.

»Guten Morgen«, sagte Karin und senkte ihren Blick so weit, dass die Wimpern sich nicht an ihrem Augenlid wellten.

»Guten Morgen«, antwortete der Nationalratsabgeordnete und fragte sich, warum ihm diese Frau noch nie aufgefallen war im Haus.

Er fand sie entzückend, so wie das junge Kalb, das er in jenem Sommer bei seiner Tante mit der Flasche gefüttert hatte, da die Mutter des Kälbchens zwei Wochen nach der Geburt an einer bakteriellen Infektion verendet war.

Karin fand wiederum, dass er außerordentlich gut gekleidet war, sie mochte diese Art Anzug an Männern, die einen nicht im Unklaren ließ über die darunterliegende Figur. Irgendwie war ihr dieser Mann vertraut, aber sie konnte nicht sagen, warum. Natürlich erkannte sie ihn aus dem Fernsehen, er hatte in den letzten Wochen einige Interviews in Nachrichtensendungen gegeben und war dabei immer perfekt gekleidet gewesen. Aber wenn sie so neben ihm stand, dann war ihr, als würde sie ihn schon ewig kennen.

Karin lächelte ihn an und überlegte, wie sie mit ihm ins Gespräch kommen könnte. Der Nationalratsabgeordnete lächelte zurück und hoffte, nicht weiter mit ihr sprechen zu müssen, denn Worte störten eine feminine Niedlichkeit dieser massiven Ausprägung meist empfindlich.

»Ich wünsche Ihnen viel Glück bei den Wahlen«, sagte Karin schließlich. »Es muss ja gerade besonders anstrengend für Sie sein, oder?«

»Ja, das ist es, Sie können sich gar nicht vorstellen, in welchem Ausmaß«, antwortete der Nationalratsabgeordnete leise.

Er öffnete seine Ledertasche und holte ein Taschentuch heraus, in das er sich laut hineinschnäuzte. Karin erschrak. Er würde doch wohl nicht weinen. Mit einem weinenden Mann Lift zu fahren gehörte nicht zu ihren bevorzugten Beschäftigungen. Sie schaute zu Boden und war erleichtert, als er grußlos vor ihr den Lift verließ. Seine Lederschuhe klapperten auf dem Steinboden, die Haustür knallte laut zu und die auf dem Postkasten aufgetürmten Flugblätter blähten sich kurz auf. Erst jetzt bemerkte Karin, dass sie inmitten einer stark zitronigen Duftwolke stand, durchsetzt mit verschiedenen mediterranen Kräutern, allen voran Basilikum. *Mandarino di Amalfi*. Deswegen.

»ES IST JA nicht weiter verwunderlich, dass die Frauen im Ausland irgendwelche Tiefkühlembryonen einkaufen müssen, wenn sie erst mit vierzig daraufkommen, dass sie jetzt doch gerne ein Kind hätten«, sagte Herb Senior und zerschnitt couragiert sein Stück panierte Hühnerleber.

Magdalena nickte und drückte vorsichtig Sauce Tartare aus der Tube auf seinen Tellerrand, ganz langsam, einen großen Kringel, drapiert wie ein perfekter Hundehaufen.

»Ich sage ihnen immer allen, so ab fünfunddreißig, dass sie sich beeilen sollen, aber da reagieren die meisten verschnupft, als würde ich sie beleidigen«, sagte er. »Aber Eizellen nehmen halt keine Rücksicht auf Etikette. Die altern, egal wie jung man aussieht, das ignorieren die Frauen einfach, bis es zu spät ist. Und dann soll ich zaubern. Vor Kurzem wollte eine über Vierzigjährige unbedingt ihre eigenen Eizellen einfrieren lassen, stell dir das vor. Was will man denn mit solchen Eiern noch anfangen? Wenn man überhaupt ein paar von denen punktiert kriegt, wird doch spätestens beim Auftauen alles hin, die Membran ist schon so schlecht in dem Alter, aber das interessiert die nicht, das kann ich ihnen dreimal sagen, die wollen ihre alten Eier einfrieren lassen, auf Biegen und Brechen.« Herb Senior spuckte ein wenig beim Reden.

Magdalena lächelte. Das Innere der Hühnerleber sah cremig aus und klebte an seiner Messerschneide. Cremiges Fleisch stellte offensichtlich eine gewisse Hürde für sie dar, denn Magdalena musste sich konzentrieren, um der aufsteigenden Übelkeit nicht die Vorherrschaft über ihre Sinne zu überlassen. Sie fixierte Herb Seniors Bierglas, das kühle Kondenswasser an dessen Außenseite.

»Und wenn es doch funktioniert mit dem Transfer, was so gut wie nie vorkommt, auch wenn alle meinen, dass allein die Tatsache, dass es eine künstliche Befruchtung ist, eine Erfolgsgarantie darstellt, ja, also wenn so eine Frau dann schwanger wird und der Embryo nicht sofort wieder abgeht, besitzen die alle noch die Frechheit, Gentests zu machen«, sagte Herb Senior.

Er wurde immer lauter und gestikulierte so ausladend, dass er fast sein Bierglas umgeworfen hätte. Magdalena schob es ein wenig zur Seite, so wie sie es früher bei ihren Kindern gemacht hatte. Die Kälte vertrieb die letzten Reste der Übelkeit, nur aufstehen müsste sie dann ganz langsam, das wusste Magdalena, um einen Schwindelanfall zu vermeiden.

»Stell dir diese Ineffizienz mal vor, diese Idiotie, uralte Eier zu nehmen und zusätzlich selektiv mit Gentests zu arbeiten, ich muss mich da jedes Mal zusammenreißen. Dieser ganze komplizierte Prozess, komplett umsonst, wenn danach doch abgetrieben wird, also ich verstehe die Kollegen nicht, die mit solchen Eiern arbeiten, aber im Osten kannst du alles haben, Hauptsache, du bezahlst.«

Herb Senior tupfte sich den Mund mit der Serviette ab.

»Und ich darf die Risikoschwangerschaften von diesen alten Weibern dann immer ausbaden«, sagte er und Magdalena fragte sich, wie er das genau meinte. Sie zog ihre Augenbrauen hoch und lächelte ihn ermutigend an.

»Blutungen, Frühgeburten, erhöhte Diabetesneigung, Schwangerschaftsvergiftungen, die ganze Palette, der Körper macht das nicht mehr so einfach mit, auch die Versorgung des Fötus ist oft gestört«, sagte er in einem viel sanfteren Tonfall und sah Magdalena dabei sogar in die Augen.

»Das läuft bei Weitem nicht so reibungslos ab wie damals bei dir, es hat ja einen Grund, warum die weibliche Fruchtbarkeit auf einen ziemlich klar definierten Zeitraum beschränkt ist. Wir haben das seinerzeit perfekt gemacht, wirklich, deswegen gab es auch keine Probleme. Kinder muss man jung bekommen und nicht zu lange Pausen dazwischen lassen.«

Herb Senior legte seine Hand auf ihre und Magdalena zählte langsam bis zehn, bevor sie ihre Hand vorsichtig wegzog und damit begann, sein Geschirr zu stapeln. Sie selbst hatte keinen Bissen gegessen.

Herb Senior trank das Bier aus und warf seine zerknüllte Serviette auf den Stapel, auf dem nur mehr etwas lag, das aussah wie ein kleines Blutgerinnsel.

»Aber diese alten Weiber wissen natürlich alles besser, ich bin ja nur mehr der Dienstleister, der Eiermann«, sagte Herb Senior und stand auf, um sich einen Drink an der Hausbar einzuschenken.

Du Eiermann, du, dachte Magdalena.

KARIN FAND, DASS es an der Zeit war, ihren Körper zu straffen. Sie wurde das Gefühl nicht los, dass ein straffer Bauch ihr demnächst von Nutzen sein könnte. Sie hatte sich ein kleines Sportprogramm aus dem Internet zusammengestellt, einigermaßen statische Übungen, die in kurzer Zeit sichtbare Erfolge versprachen. Sie konnte dabei sogar fernsehen, auch wenn ihr manchmal ein Tropfen Schweiß die Sicht eintrübte. Meistens turnte sie in Unterwäsche, so hatte sie freien Blick auf ihre Unzulänglichkeiten, die von passender Sportkleidung nur kaschiert würden. Karin mochte nicht allzu schnell in die Verlegenheit kommen, ihren Körper akzeptabel zu finden, denn das war er definitiv nicht. Dessen war sie sich täglich schmerzlich bewusst, wenn sie die kleine Fettschürze rund um ihren Bauchnabel baumeln sah, während sie im Vierfüßlerstand schwitzte und ihre dünnen Arme dabei bedenklich zitterten. Nach drei Minuten hatte sie rote Flecken an allen gut durchbluteten Stellen, ein klares Anzeichen dafür, wie effizient das Training war.

Im Laufe der Zeit merkte sie, dass sie schwitzend eine besonders große Aufnahmefähigkeit für sachliche Debatten und Tagespolitik hatte, was sie dazu veranlasste, ausschließlich Nachrichtensendungen oder Nationalratsdebatten beim Turnen zu schauen: Sie streckte ein Bein und wedelte in Mikrobewegungen damit auf und ab, während im Fernsehen die Antriebslosigkeit der italienischen Regierungsbildung beklagt wurde. Sie sah die mächtigste Frau der Welt, rechnete den Altersunterschied zwischen ihnen im Kopf aus und wedelte ein wenig energischer mit dem Bein, was leider nur einen Krampf zur Folge hatte. Ein anderes Mal sah sie den Nationalratsabgeordneten der unwählbaren Partei bei einer Debatte über die nationale Sicherheit. Karin wechselte sofort die Position, legte sich auf den Rücken, damit die kleine Fettschürze sich vorteilhafter über den ganzen Bauch verteilte. Er sprach über das Anlegen von Nahrungsvorräten in Privathaushalten und Karin überlegte, was sie persönlich wohl im Katastrophenfall in einen Fluchtrucksack packen würde. Der Nationalratsabgeordnete war ausnehmend gut gekleidet, im direkten Vergleich mit seinen Kollegen schnitt er eindeutig am besten ab in seinem dunkelblauen Anzug mit dem strahlend weißen Hemd, am Kragen leger geöffnet und ohne Krawatte, als wüsste er von ihren Kleidungsvorlieben bei Männern. Sie stöhnte auf, ein Muskel im Lendenbereich zog sich zusammen und der stechende Schmerz erschwerte ihr die Bauchmuskelübung. Sie würde ein Taschenmesser in den Rucksack packen, das mit der Nagelfeile, ebenso ihr Notfallradio aus dem Badezimmer, ein Werbegeschenk vom Weltspartag, kurbelbetrieben und multifunktional, damit konnte sie ihr Handy aufladen und sich den Weg leuchten. Der Nationalratsabgeordnete sprach von der Sinnhaftigkeit diverser Überlebensfertigkeiten, wie Feuer machen oder Unterstände bauen, dem Reinigen von verseuchtem Wasser oder medizinischen Grundkenntnissen. Diese Fertigkeiten könne einem niemand nehmen und im Notfall sei man dadurch unverzichtbar für die Gruppe. Karin wechselte wieder in den Vierfüßlerstand und kam zum Ergebnis, dass sie keine einzige Fertigkeit besaß, die sie für eine Gruppe unverzichtbar machte. Wahrscheinlich wären sogar die verhältnismäßig knackige Haut und der hohe Muskelanteil ihres Körpers von Nachteil, wenn es irgendwann darum ginge, wer das erste Opfer des schleichend einsetzenden Kannibalismus sein sollte. Karin wischte sich den Schweiß von der Stirn, der Nationalratsabgeordnete nahm wieder im Plenum Platz, kaum einer der Kollegen hatte den Blick vom Handy gehoben während seiner Rede.

MAGDALENA WAR DAVON überzeugt, ein Aneurysma im Gehirn zu haben, das sofort platzen würde, sollte sie jemals einen Gedanken wirklich zu Ende denken. Sie hatte Meisterschaft darin erlangt, Unangenehmes auszublenden, um Gewissheiten in letzter Sekunde einen Haken zu schlagen und auszuweichen in das Häusliche. Ihr entfuhr dann ein kleiner gequälter Ton, ihr Körper schüttelte sich kurz und ihr aufgewühlter Geist beruhigte sich mit der Terrassengestaltung im Frühjahr oder diversen Einkaufslisten. Denn sie hatte nun einmal keine Lust darauf, an einer Hirnblutung zu sterben, weil sie den Dingen auf den Grund gegangen war. Die logische Konsequenz für alles, was man endgültig erledigt hatte, war eigentlich der Tod, und da erlaubte sie sich durchaus, ein wenig inkonsequent zu sein.

Ihre Sehnsucht nach dem Häuslichen hatte im Laufe der Jahre immer größere Ausmaße angenommen, zu Beginn war sie nur spürbar als kleines Aufflackern, wenn sie eine perfekt gekleidete Person auf der Straße sah. Einmal hatte sich in der Straßenbahn neben ihr eine Frau in ein frisch gebügeltes Stofftaschentuch geschnäuzt und Magdalena hätte sich ihr am liebsten zu Füßen geworfen und darum gebettelt, den Rest ihres Lebens in ihrem Umfeld verbringen zu dürfen. Der Hauch Weichspüler, der beim Aufschütteln des Taschentuches flüchtig in Magdalenas Richtung geweht war, hatte sie fast zu Tränen gerührt.

Magdalena wäre so gerne in einzelne fremde Personen hineingekrochen, hätte sich dort brav hinter ein Organ zurückgezogen und als wohlwollender Parasit ein anderes Leben mitgelebt, vorzugsweise ein geregeltes ohne Höhepunkte jeglicher Art. Sie wollte einfach nur in Ruhe dahingleiten, leicht schläfrig und ohne Erschütterungen. Die Menschen, von denen sich Magdalena angezogen fühlte, hatten ganz unterschiedliche Erscheinungsformen, und es war immer eine reine Bauchentscheidung, in wen sie gerne hineingekrochen wäre, im Gegensatz zu ihrer Ehe, die auf einer Kopfentscheidung basierte. Sie hatte gedacht, dass sie so etwas Wichtiges nicht rein ihren Gefühlen überlassen konnte, und außerdem galt es, gewisse gesellschaftliche Regeln zu befolgen. Sie konnte ja nicht die Blumenfrau heiraten, weil sie wunderschön fokussiert die Stiele der Rosen abschnitt und ihr Sternzeichenanhänger um den Hals so aufrichtig naiv war, dass man sich neben ihr einfach wohlfühlen musste.

Ob Mann oder Frau wäre Magdalena eigentlich egal gewesen, sexuell war sie zwar fähig, aber grundsätzlich desinteressiert. Trotzdem kam ausschließlich ein Mann in Frage, wenn sie Aufregungen vermeiden wollte, und nichts wollte sie mehr als das, auch wenn sie immer wieder an die Blumenfrau dachte und sich fragte, ob sie fast dreißig Jahre später immer noch so konzentriert die Blumenstiele mit dem Messer kürzte, und falls ja, ob ihr eine solche Person das unaufgeregte Leben geboten hätte, nach dem sie sich sehnte.

Herb Senior hatte sich schnell als anstrengend erwiesen, eine große Enttäuschung nach seinem fulminanten Erstauftritt im Tennisverein, dem reinweißen Kragen seines Polohemds und den sanft dirigierenden Fingerspitzen. Seine dralle Rundlichkeit, die gekräuselt behaarte Brust und seine kurzen Finger wirkten in Summe erst so anziehend auf Magdalena, dass sie in seiner Anwesenheit ein angenehmer Schwindel befiel. Nach wenigen Monaten waren sie verheiratet, der Schwindel verschwand und unter klaren Blicken verlor Herb Senior leider rasant an Anziehungskraft. Schon in den Flitterwochen in Italien traf Magdalena einige Menschen, mit denen sie spontan lieber den Rest ihres Lebens verbracht hätte, aber es war unwiderruflich entschieden, also hörte sie ihrem Mann gut zu, wenn er abends beim Dinner im Palazzo von der allgemeinen Unfähigkeit spezieller Mitglieder des Gynäkologenverbandes sprach, und trank begleitend dazu beachtlich viel Rotwein, um sich zumindest einen wesensverwandten Schwindel zu erarbeiten.

SOMMERSPROSSEN MACHTEN IHN wahnsinnig. Wenn selbst die Außenhaut einer Frau die Sensibilität besaß, jeden einzelnen UV-Strahlungsschaden gnadenlos für die Ewigkeit zu dokumentieren, konnte der Mann namens Klaus nicht anders, als diese Vollkommenheit gleichermaßen zu bewundern wie zu begehren.

Vielleicht war es aber einfach nur die Farbe der Sommersprossen, dieses gelbliche Braun, das ihn reizte, denn er besaß eine gesellschaftstaugliche Vorliebe für Karamellzuckerl, von denen er täglich fast eine Packung konsumierte, und eine etwas untauglichere für sauren, weichen Stuhlgang, bei dessen Ausscheidung er stundenlang auf dem Klo verweilen konnte und abwartete, bis sich der Geruch in der ganzen Wohnung festgesetzt hatte, bevor er einen letzten bedauernden Blick in die braungesprenkelte Klomuschel warf und endlich hinunterspülte.

Am liebsten saß er in einer leicht säuerlich riechenden Wohnung am Computer, klickte durch die neuesten Fotos eines Models, am besten mit Sommersprossen, und lutschte dabei an einem Karamellzuckerl, das er am Gaumen zersplittern ließ, wenn die Erregung zu groß wurde. Er war nicht mehr so einfach zu erregen, es mussten mehrere Faktoren berücksichtigt werden, um zu einem optimalen Ergebnis zu kommen.

Seit Kurzem besaß er Fotos von Karin, er hatte die Website des Kaufhauses durchsucht und einige Bilder von einer Werbeveranstaltung gefunden, auf denen sie in seltsamer Kostümierung ein Parfum anpries. Karin sah aus wie eine Stewardess, mit Käppchen und Halstuch, was ihn zudem an die gängige Aufmachung von Hundewelpen in der Fernsehwerbung erinnerte. Ihr Lächeln wirkte künstlich und obwohl sie stark geschminkt war, schimmerten die Sommersprossen auf Stirn und Wangen durch. Der Mann namens Klaus wickelte ein Zuckerl aus dem goldenen Papier und schob es sich in den Mund, in dem es sich anfühlte wie ein zu großer, dümmlich runder Fremdkörper.

Er vergrößerte ein Foto, auf dem sie mit einer Kollegin zu sehen war, und strich mit dem Finger über ihre Sommersprossen, die nun ganz verschwommen nahtlos in den Dreck auf seinem Bildschirm übergingen. Eigentlich wollte er nur sanft streichen, aber er ärgerte sich so über seinen klebrigen Bildschirm, dass er anfing, mit dem Fingernagel darüber zu kratzen, um besonders hartnäckige Ablagerungen zu entfernen. Karins Gesicht wellte sich, durchzuckt von Neonfarben. Auch auf den Ohren hatte sie Sommersprossen, ganz oben an den Ohrmuscheln einen braunen Saum, der ihm vorher noch nie aufgefallen war. Er atmete schwer, als er die Schreibtischschublade nach einem Tuch durchwühlte. Irgendwo musste doch eines sein. Der Karamellgeschmack umspülte seine Backenzähne, er hatte vergessen, den zuckrigen Speichel in den Hals abfließen zu lassen. Karins Ohren waren nicht besonders schön, sie sahen unfertig aus, die Muscheln halb ausgeformt, so als hätten sie erst vor Stunden den Mutterleib verlassen und müssten sich noch entfalten auf diesem Planeten. Er riss die Verpackung des Putztuches mit den Zähnen auf und bereute es sofort, als sich der Karamellgeschmack mit einem scharf alkoholischen mischte. Er fing an, in exakten Bahnen über den Bildschirm zu wischen, immer wieder über Karins Säuglingsohrmuscheln mit der Sommersprossenverzierung. Der Dreck verschwand, er wischte weiter, die Sommersprossen blieben, er wischte weiter, und das Karamellzuckerl barst in unzählige spitze Kleinteile, die dem Mann namens Klaus in die Zunge schnitten und sich schmerzhaft in den Gaumen bohrten, als er im Zenit seiner Aufregung den Kiefer zusammenklappte.

WENN SIE HERB Senior länger ansah, dann war ihr, als würde der Tod ein wenig an sie heranrücken und ihr kleine Gemeinheiten ins Ohr flüstern.

»Schau, noch kannst du gerne deine eigene Endlichkeit ignorieren, liebe Magdalena«, sagte er mit heller Stimme, »aber wie geht es dir, wenn du seine Nasenhaare genauer studierst? Wirken sie nicht wie Grabbepflanzung? Wuchernde Ranken, die so gerne die ganze vermodernde Person einhüllen würden, würden sie nicht einmal monatlich brutal gestutzt.«

Der Tod kicherte, Magdalena fand das unangebracht, denn stutzen war wohl das Mindeste, was man gegen diese lästige Behaarung unternehmen musste. Doch war ihr Fokus erst einmal scharf gestellt, konnte sie den Blick nicht mehr abwenden von Herb Senior, der in diesen raren Momenten zumeist wie Sisyphus höchstpersönlich mit Ritualen der Körperpflege, beispielsweise dem Kürzen der Fußnägel, beschäftigt war. Manchmal flogen die kleinen, von seinen Zehen abgeknipsten Nagelteile durch das Wohnzimmer, hin und wieder blieb eines davon im Bücherregal liegen, ungustiöserweise immer unten bei den Kochbüchern. Magdalena merkte sich jede Stelle genau, um die Nagelteile später, vor dem Zubettgehen, unauffällig mit einem Taschentuch aufzuklauben und in den Müll zu werfen. Sie wollte untertags auf keinen Fall auch nur mit Herb'schen Hornabfällen allein sein.

»Sein großer Zeh möchte schon seit Langem sterben«, sagte der Tod und Magdalena musste ihm recht geben, war er doch kaum durchblutet und seit Jahren von hartnäckigem Pilzbefall betroffen. Die gelblich verdickte Nagelplatte löste sich vom Nagelbett und Herb Senior knipste diesen Nagel immer zuletzt, um seine restlichen Zehen nicht zu infizieren. Danach wusch er sich gründlich die Hände und desinfizierte den Nagelknipser, vergaß aber jedes Mal, die gelblichen Nagelbrösel vom Parkettboden zu entfernen. Auch diese Rückstände wischte Magdalena vorsichtig mit dem Taschentuch auf, bevor sie zu Bett ging.

»Wie verzweifelt er an seinen Haarfollikeln hängt, es ist fast rührend, findest du nicht?«, fragte der Tod, aber selbst für ihn hörte Magdalena nicht auf zu schweigen. Herb Seniors Kopf wirkte kindlich klein unter dem zu hellen Licht der Wohnzimmerlampe, wenn er sich angestrengt nach vorne beugte, um seinen Fuß mit einer Hand zu umklammern, damit er mit der anderen an seine Zehen überhaupt herankam, denn sein Bauch war ihm dabei im Weg. Die Lampe schien ihm direkt auf den Oberkopf und der zu diesem Zeitpunkt längst ins Fließen gekommene Schweiß hing in Tropfen zwischen den einzelnen Haaren, die lichter kaum hätten sein können. Magdalena konnte durch seine Frisur hindurchsehen und den Titel eines Buches im Bücherregal entziffern. *Darum nerven Japaner* lautete dieser, und Magdalena konnte sich wirklich nicht entsinnen, wie es ein derartiges Werk in das Bücherregal geschafft hatte, da sie weder einen einzigen Japaner kannten noch jemals in Japan gewesen waren.

»Konzentrier dich«, sagte der Tod, »und schau genau hin, sein Haar verabschiedet sich, egal wie kunstvoll er es jeden Morgen drapiert, vom Scheitel bis zur Sohle empfängt er Signale von mir, die er alle ignoriert.« Eine sehr prägnante Sichtweise auf Geheimratsecken, fand Magdalena, aber irgendwo hatte er recht.

VERLOCKEND LAG IHR Handy neben der Kassa, halb versteckt unter einem Stapel Werbebroschüren für die neue Zellverjüngungs-Pflegelinie. Karin hätte es gerne in die Hand genommen und mit dem Daumen so gestreichelt, wie es das am liebsten mochte. Gurrend und vibrierend hätte es dann all die Informationen ausgestoßen, nach denen sie lechzte, wenn ihr Blut zäh und langsam durch den Körper floss vom vielen Stehen am Counter und sie zum dritten Mal in einer einzigen Minute verzweifelt auf die Wanduhr über dem Eingang schaute und sich dabei fragte, ab wann man von einer Zwangshandlung sprechen konnte. Seit über zwei Stunden packte sie kleine Reiseetuis gefüllt mit Luxusprobiergrößen in parfümiertes Seidenpapier, fixierte es mit einem silbernen Aufkleber, packte einen kleinen Stapel ausgewählter Broschüren dazu und steckte alles zusammen in lackglänzende Geschenktüten, die sie danach an der Oberseite mit einer eleganten Schleife aus Seidenbändern verschloss. Nicht mehr lange und sie selbst würde solche Tüten überreicht bekommen auf Veranstaltungen, Karin genoss diese köstliche Vorahnung ausgiebig, sie würde wieder auftauchen, ganz vorne mit dabei sein in den sozialen Medien. Sie nahm das Handy und hockte sich vor den Probenschrank, als würde sie etwas einschlichten. Zügig scrollte sie durch die neuen Fotos der letzten Stunden:

Frau in kurzem Sporttop, lächelt verschwitzt: Mein Bauch ist überraschend flach nach der Schwangerschaft, aber das kann auch an der Fotoperspektive liegen. Ich tue jedoch so, als ginge es in diesem Posting um Sport. Sport ist legitim. Sport geht immer. Sportshaming ist noch nicht erfunden.

Mutter seit vier Monaten, nicht im Bild, weil Haarausfall durch die Hormonumstellung: Ich zaubere meinen Kindern ein gemütliches Heim in Pastellfarben. Pastellschwarz trifft meine Stimmung seit jeher am besten. In Leuchtbuchstaben hänge ich Reizwörter an die Wand, um das Tagesmotto auszugeben. Heute: Fun never sleeps.

Singlefrau, sehr bemüht, alles richtig zu machen beim Muskelaufbau: Seht her, ich bin auf Urlaub. In ironischer Distanz zum Thema Bodybuilding hangle ich mich auf dem Muscle Beach von Stange zu Stange. Bemerkt ihr die aufreizend kurzen Shorts? Und meine neuen Turnschuhe in Neonfarben? Es muss wirklich Spaß machen, mit einer so unkomplizierten und vitalen Person wie mir zu verreisen.

Junger Mann, dessen Mutter hauptsächlich Fertiggerichte gekocht hat: Das hier ist Sterneküche. Sterneküche braucht keine Filter, Sterneküche ist Kunst. Essen ist Kunst, die nicht nur vom Gehirn verwertet wird, und Steckrüben sind der hippste Scheiß, da kann man sagen, was man will. Simplicity, bitches!

Mutter seit zehn Jahren, viel allein, weil die Kinder schamlos nach Distanz verlangen: Ich sorge mich um den Planeten und bin zugegebenermaßen etwas irritiert, dass ihr diese Sorge nicht teilt. Lest euch das durch und ihr werdet nie wieder frohen Mutes an einem Strohhalm saugen, das verspreche ich euch. Wenn euch die Shakes nicht mehr schmecken, dann ist meine Arbeit getan. Spenden bitte hier, PayPal geht auch in Ordnung. Danke, nach Ihnen.

Eine Handarbeitslehrerin Mitte fünfzig: Es schneit. Wie schön!

Eine Frau, die bei jedem ihrer Partner zu viele Augen zugedrückt hat: Diese Hundewelpen wurden einfach in einem Karton ausgesetzt. Welche Menschen machen so etwas? Schlechte Menschen, also das Gegenteil von guten Menschen. Ich bin ein guter Mensch, hoffe ich. Und warum gibt es immer noch Tierversuche, wenn die Gefängnisse voller

Pädophiler sind? Just saying. Wenn ihr Lösungen braucht, fragt meinen gesunden Menschenverstand, der lag noch nie falsch.

Karins Finger kribbelten, füllten sich langsam mit Wärme, nachdem sie sich gleichermaßen echauffiert wie amüsiert hatte und dabei völlig unsichtbar geblieben war. Bald würde sie fertig sein mit den Geschenktüten und vielleicht, nur für den Fall, ein Foto davon machen. Es war gut möglich, dass ihre Social-Media-Auferstehung kurz bevorstand, mit frischer Haut und einem neuen Haarschnitt, eventuell sogar einer Haarverdichtung, inmitten der glamourverheißenden Tüten und der Welt unerschrocken in die Augen blickend. Sie durfte sich nicht unterkriegen lassen von den Umständen als Alleinerzieherin, noch dazu, wo ein Ende absehbar war, im Gegenteil, sie musste daraus ihre Stärke machen. Leider war Helene nicht mehr süß. Sie hatte die Hälfte aller Milchzähne verloren, die Ansätze der zweiten Zähne waren schief herausgewachsen und proportional viel zu groß. Karin überlegte, ob sie nur Rückansichten von Helene für ihre Kanäle verwenden könnte und trotzdem als liebende Mutter wahrgenommen werden würde. Das sollte eigentlich kein Problem sein, wenn sie sich auf die Persönlichkeitsrechte ihrer Tochter bezog. Genau. Niemand mit Verstand stellte Vorderansichten seiner Kinder ins Netz, nicht in der heutigen Zeit.

ES GAB TAGE, da musste sich Magdalena einen kurzen Aufenthalt auf der Dachterrasse zwangsverordnen, um an die frische Luft zu kommen. Ihre eigene Antriebslosigkeit brachte sie ins Schwanken, wenn sie die Treppe hinaufsah, die es zu überwinden galt, und an die schwergängige Terrassentür dachte, an der sie unter Aufbringung sämtlicher Kräfte brutal reißen und danach aufpassen musste, dass ihr die Klinke nicht direkt in die Rippen schoss. Das grelle Licht würde ihre innere Leere wieder schamlos ausleuchten, die Haut an den Fußsohlen lederartig zusammenschrumpeln von den heißen Holzdielen, auf denen sie nur gemäßigten Schrittes gehen konnte, ohne sich dauernd Splitter einzuziehen. Acht Paar Gartenschuhe waren ihr schon davongeflogen im Sturm, da sie jedes Mal vergaß, sie witterungsgeschützt abzustellen. Die letzten drei Paare hatte sie extra im schlammgrünen Farbton des Sonnensegels der Nachbarn vom niedrigeren Nebenhaus gekauft, denn der Wind wehte die Plastikschuhe regelmäßig dorthin und sammelte sie in einer Regenlacke auf dem vermoderten Segel, das ganzjährig unverändert aufgespannt blieb. Nach acht Paaren und immer raumgreifenderen inwendigen Flüchen, die hörbar zu werden drohten, hatte sie schließlich aufgegeben.

Wenn sie unten an der Treppe ihre Disziplin bündelte, fühlte sich ihr Körper weich an, ganz weich, kunstvoll drapiert auf harten Unterschenkeln und angewiesen auf die totale Bewegungslosigkeit, um die fragile Statik nicht zu gefährden. Seltsamerweise waren ihre Unterschenkel immer fest mit dem Boden verbunden, während sie oberhalb des Kniegelenks vollkommen an Kontur verlor und regelrecht zu zerfließen drohte, als wäre ihr Körper nicht konzipiert für eine Existenz im Element Luft.

Heute war einer dieser Tage, an dem das Schwanken so stark ausgeprägt war, dass sie sich kurz an der Wand abstützen musste, bevor sie die Treppe bezwang, den Morgenmantel gerafft, damit sie nicht darüber stolperte. Die Terrassentür klemmte und als sie endlich aufsprang, ordinär laut, entglitt ihr die Klinke und schlug eine Kerbe in den weißen Putz. Magdalena sammelte die Brösel auf und warf sie draußen in den ersten Blumentopf. Die Luft war klar, so klar, wie sie sein konnte, sieben Stockwerke über der Innenstadt, der Straßenlärm war hier oben kaum hörbar und durch die Mittagszeit zudem auf ein erträgliches Maß minimiert. Nur der übliche Schwarm schwarz gekleideter Geschäftsleute wurde von den Bürogebäuden freigesetzt, sie fluteten die Gehsteige mit konzentrierter Emsigkeit, auf der Suche nach schneller und hochwertiger Nahrung, und zogen sich nach erfolgreichem Beutezug ebenso schnell wieder zurück in die Gebäude, aus denen sie gekommen waren. Magdalena beobachtete sie gerne, ihre Einfarbigkeit entspannte sie.

Die Dielenbretter waren dermaßen heiß, dass sie alle Vorsicht wegen der Splitter außer Acht ließ und mit wehender Schleppe auf den groben Teppich lief, den Herb Senior vor Jahren mehrfach festgenagelt hatte. Der Holzboden darunter war sicherlich bald durchgefault, Magdalena erwartete jedes Mal, mitsamt dem Teppich einzubrechen. Den Wind mit brachialer Gewalt besiegt, aber dabei den Regen und den Schnee nicht bedacht. Festnageln, ohne den Untergrund atmen zu lassen. Das war typisch für ihn, dachte Magdalena und füllte die Gießkanne mit dem Gartenschlauch, dessen Wasserdruck die Kanne umwarf und sie dabei bis hinauf zum Federkragen nass spritzte. Sie schüttelte die Stoffbahnen des Morgenmantels auf, glättete die Ärmel und stellte sich gegen die Windrichtung, um sich in der warmen Luft mit geschlossenen Augen trocken wehen zu lassen.

Sie goss die Blattsalate und die Zuckerschoten, an deren effizienter Anordnung sie jedes Jahr aufs Neue scheiterte. Wild wuchsen sie durcheinander, rissen die Rankhilfen zu Boden und kringelten ihre dünnen Fangarme um alles, was in Reichweite stand, inklusive der benachbarten Minzpflanze.

Der Sturm vor ein paar Tagen hatte die abgestorbenen Blätter quer über die Terrasse verteilt und einige Töpfe samt Pflanzzubehör umgeworfen. »Aus die Laus« stand auf der Verpackung des Insektenvernichtungsmittels, das sie dreimal nach Anweisung aufgetragen und das sich als völlig wirkungslos erwiesen hatte, im Gegenteil, es kam ihr vor, als hätte es den Fortpflanzungstrieb der Blattläuse erst richtig befeuert. Der Spruch war ihr vorher nie aufgefallen und sie fragte sich, wie so etwas möglich sein konnte, erschien er ihr doch als bemerkenswerter Höhepunkt einer Werbetexterkarriere. »Aus die Laus«, kurz und schmerzlos, jedoch ohne Hauch von Gnade, Balsam für die Seele schädlingsgeplagter Hobbygärtner. Ein Spruch, wirksamer als das Produkt selbst, durch den Reim auch eine Art Mantra, mit dessen Hilfe sich der geplante Genozid an den kleinen Stechrüsslern moralisch gut unterfüttert umsetzen hätte lassen, hätte die Substanz nur irgendeine Wirkung gezeigt. Magdalena hob die durchweichte Schachtel auf und las die Produktbeschreibung.

ÜBERALL IN DEM spärlich beleuchteten Restaurant waren deckenhohe Birkenstämme aufgestellt wie in einem Märchenwald, und Karin blieb mit ihrem Chiffonkleid just in dem Augenblick an einem Astloch hängen, als sie strahlend und frisch auf den an der Bar wartenden Nationalratsabgeordneten zuflattern wollte, als genau die Erscheinung, in die sie sich nach stundenlanger Kontemplation vor dem Kleiderschrank verwandelt hatte. Jetzt blieb dieser feminine Schmetterling einfach an einem Ast hängen und wurde sich schmerzhaft seiner trägen Gesamtmasse bewusst. Karin lächelte und raffte die Chiffonlagen eng an ihre Oberschenkel, die letzten Meter meisterte sie in einer Art hopsendem Trab, immer mit genügend Abstand zu den verfluchten Birkenstämmen. Tölt, diese Gangart nennt man Tölt, und ich blödes Weib putze mich stundenlang heraus, um dann so einen Trampelauftritt hinzulegen, dachte sie, da hätte ich ja gleich den Jumpsuit anziehen können.

»Sie sehen entzückend aus, frisch wie der Morgentau«, sagte der Nationalratsabgeordnete.

Karin verliebte sich gleich noch ein Stück mehr in ihn, auch wenn sie wusste, dass sein Interesse mehr theoretischer Natur war, so bewies er mit dieser Begrüßung doch immerhin, ihre Absichten verstanden zu haben. Leicht sollte es sein, ganz leicht und frisch. Bloß nichts Kompliziertes.

»Ich werde heute einen Salat bestellen«, antwortete Karin und dachte: »Vielen Dank, Sie sehen auch sehr gut aus.«

Der Nationalratsabgeordnete lachte.

»Die Salate hier sind hervorragend, ich kann den mit Eierschwammerln empfehlen, der Koch geht selbst in den Wald zum Sammeln«, sagte er. »Setzen wir uns doch.«

Karin spürte, dass ihr Gesicht hochrot angelaufen war, aber sie beruhigte sich mit dem Wissen um die zwei Lagen des momentan deckkräftigsten Make-ups auf dem

Markt. Auch wenn es sich hochrot anfühlte, ihr Gesicht war sicherlich noch porzellanfarben, light eclair, mit etwas Glow auf dem Nasenrücken und einer leichten korallfarbenen künstlichen Frische auf den Wangen. Ihre Lippen glänzten in einem klassischen Pfirsichton und sie widerstand der Versuchung, die kleinen Hautfetzen abzubeißen, die nach und nach die glossige Oberfläche durchdrangen.

»Der Besitzer scheint ein Faible für den Wald zu haben«, sagte Karin mit Blick auf die Baumstämme. »Die armen Kellner.«

»Sehr sympathisch, wie sie sich um das Personal sorgen«, antwortete der Nationalratsabgeordnete. »Ich mag es, wenn Frauen umsichtig agieren. Sie haben meist einfach ein besseres Gespür für das Praktische, das Menschliche.«

Bingo, dachte Karin, ich bin perfekt. Ein fürsorglicher Schmetterling, hübsch anzusehen und unprätentiös in der Wartung.

Lächelnd nahm sie das angebotene Glas entgegen, nahm einen Schluck Sekt und wischte die klebrigen Glossrückstände mit dem Daumen vom Glas.

»Als alleinerziehende Mutter bekommt man wohl oder übel einen Blick für Effizienz, auch wenn ich mir wünschte, dass ich mehr Zeit hätte, mich mit den schönen Dingen des Lebens zu beschäftigen«, sagte Karin.

»Das kann ich gut verstehen, Sie scheinen mir auch eine beachtliche Begabung für die schönen Dinge zu besitzen, ganz unleugbar«, antwortete der Nationalratsabgeordnete. »Ich finde es außerordentlich anziehend, wenn Frauen ihre Weiblichkeit nicht verstecken, wie es heutzutage leider oft üblich ist. Das schöne Geschlecht darf seine Stärken ja zu Recht ein wenig herausarbeiten, oder?«

Karin lächelte geschmeichelt.

»Ich muss Ihnen gestehen, dass ich etwas nervös war vor dem heutigen Abend. Es ist sozusagen eine Ewigkeit her, dass ich mit einer Frau verabredet war. Nehmen Sie es mir bitte nicht übel, wenn ich etwas eingerostet erscheine, aber es hilft meiner Nervosität leider kein bisschen, einer so attraktiven Erscheinung gegenüberzusitzen.«

»Sie sind ja ein richtiger Gentleman«, entgegnete Karin und hob dabei ihr Kinn leicht an, wie sie es vor dem Spiegel geübt hatte, damit ihr Glow im Kerzenlicht gut zur Geltung kam und als natürlicher Weichzeichner ihre Haut um mindestens fünf Jahre verjüngte.

Sie bestellten beide den Salat mit Eierschwammerln und dazu eine Flasche Riesling aus der Wachau. Nach dem ersten Glas Wein waren sie sich darüber einig, wie die Rollenverteilung in einer Beziehung im Optimalfall auszusehen hatte. Nach dem zweiten Glas hatten sich beide Seiten die essenziellen Freiheiten und Privilegien ausbedungen, um unter diesen speziellen Bedingungen zufrieden zu sein. Nach dem dritten Glas war klar, dass die Familienplanung noch nicht zufriedenstellend abgeschlossen war. Dieses Manko beschloss man zuallererst in Angriff zu nehmen, als man den Kellner herbeirief, um die Rechnung zu verlangen.

DIESE FRAU WAR weder besonders attraktiv noch hatte sie eine gewinnende Ausstrahlung, im Gegenteil, sie erschien ihm etwas eindimensional gestrickt, so wie sie den Hemdkragen des Nationalratsabgeordneten zurechtzupfte und dabei nie ihr eigenes Spiegelbild in der Lifttür aus den Augen verlor. Herb Junior tat es gut, sich auf diese Frau zu konzentrieren, denn er konnte den Nationalratsabgeordneten beim besten Willen nicht ansehen. In letzter Zeit hatte er viel geweint, und das zu oft in der Öffentlichkeit.

Albi schnupperte wie verrückt an ihren Beinen, wahrscheinlich menstruierte sie, falls sie überhaupt noch einen regelmäßigen Zyklus hatte. Die Frau sah alt aus, die Haut über den Lippen zog tiefe vertikale Furchen, wie bei einer starken Raucherin. Das ganze Make-up nutzte nichts, denn das Neonlicht des Liftes separierte die welke Natur gnadenlos von der künstlichen Farbe, die sie großzügig auf Wangen und Augenlider aufgetragen hatte. Albi wedelte durchgehend mit dem Schwanz, drehte sich voll überschäumender Freude im Kreis und stieß dabei immer wieder an Herb Juniors Beine.

»Entschuldigen Sie, ich weiß nicht, was er heute hat, er benimmt sich ja wie ein Welpe auf seine alten Tage«, sagte die verwelkende Frau. Der Nationalratsabgeordnete schien dringend etwas in seiner Aktentasche zu suchen.

Wahrscheinlich die Handcreme, dachte Herb Junior und fand sich überraschend witzig. Sein Lächeln stellte die Frau zufrieden und sie wandte sich wieder dem Nationalratsabgeordneten zu. Der Lift erreichte das Erdgeschoß und Herb Junior fühlte seinen Schlüsselbund in der Manteltasche. Er zog ihn heraus, der einzelne Wohnungsschlüssel ließ sich überraschend leicht vom Bund lösen, Herb Junior drückte das kalte Metall noch einmal kurz in seine Handfläche.

»Hier«, sagte er, schob sich am euphorisierten Albi vorbei und drückte dem Nationalratsabgeordneten den

Schlüssel in die Hand. Zügig ging er zur Haustür und genoss dabei den Hall seiner Schritte im Stiegenhaus. Filmreif, dachte er, filmreif, besser hätte man sich das nicht ausmalen können. Die Gesichter möchte ich sehen, seine Erklärung möchte ich hören. Herb Junior verbrachte den restlichen Tag mit einem Hochgefühl, das ihn erst verließ, als er abends vor seiner versperrten Wohnungstür bemerkte, dass er seinen eigenen Schlüssel so lässig retourniert hatte.

MAGDALENA GÖNNTE SICH ausnahmsweise einen doppelten Wodka, mitten am Tag, obwohl ihr Alkohol mit den Jahren fremd geworden war, denn sie mochte es nicht, wie wenig man dessen Wirkung vorhersehen konnte. Als sie beim Trinken immer länger nüchtern blieb, stellte sie es irgendwann ganz ein. Doch heute war ihr nach Wodka – Magdalena setzte sich neben die Hausbar und sah alle Flaschen durch, die meisten von ihnen seit Ewigkeiten unberührt, bedeckt von einer klebrigen Staubschicht.

Wie alle Menschen ohne tiefere Beziehungen zur Außenwelt hatten sie viele Flaschen mit alkoholischem Inhalt geschenkt bekommen, Magdalena zählte allein zwölf Sorten Gin, ein Modegetränk, das weder Herb Senior noch ihr schmeckte, sich daher unverbraucht in der Hausbar ausbreitete, ein Zeugnis dessen, wie wenig Einblick die Bekannten in ihr Leben und ihre Vorlieben hatten. Herb Senior trank seit Ewigkeiten nur mehr Portwein, als könnte er mit diesem Altherrengetränk den Pensionsantritt schneller herbeisaufen. Er war eigentlich immer alt gewesen, zumindest in seinem Habitus, schon bei ihrem Kennenlernen damals im Tennisclub, und Magdalena fand genau das anziehend an ihm, hoffte, dass er gut hineinwachsen würde ins echte Alter, es ihn in seiner Gesamtheit veredle, aber mit den Jahren bemerkte sie, dass Herb Senior selbst enttäuscht war von seiner Entwicklung und die Erwartungen an sich am besten erfüllte, wenn er abends ein Gläschen Portwein an der Hausbar schlürfte, ein Standbild der immer verzweifelter erträumten Existenz als gediegener Weltbürger.

Sie hatte nicht nur Mitleid mit seinem verfallenden Körper, sie sah den Kampf, den er seit Monaten mit seiner eigenen Zukunft führte, der letzten Etappe auf einem Weg ohne rechte Höhepunkte. Ein Leben als Promenade. Sie wusste, dass Sport keine Option für ihren Mann war, er würde alles Mögliche ausprobieren und wieder aufhören, aber darunter leiden, weil er den Zeitmangel nicht mehr als Argument anführen konnte, sondern sich eingestehen musste, dass die gnadenlos schwindende Virilität keinen guten Trainingspartner abgab. Das weiße Polohemd würde ihm sicherlich fehlen, auch Magdalena, denn sie fand, es gab ihm überhaupt erst Kontur. Ein Arzt im Ruhestand verlor seine Magie, egal wie sehr er sich zur Wehr setzte, er reihte sich ein unter die normalen Menschen, schlimmer noch, unter die Alten, deren einzig verbliebene Aufgabe darin bestand, den Abstieg in die gesellschaftliche Bedeutungslosigkeit in Würde zu absolvieren. Auch wenn man sich die Haare färbte und mit glatt gezogenem Gesicht schüchtern unter die Leute mischte, so roch die Jugend doch die Trägheit der Organe und die immer stärker zur Hysterie neigenden Störungen des Stoffwechsels, denn das Alter drang einem aus jeder Pore. Magdalena lebte mit dieser Gewissheit, seltsamerweise seit ihrer eigenen Jugend, aber sie wusste, dass es Herb Senior unvorbereitet treffen würde, wenn sie ihm dabei zusah, wie er Abend für Abend seine Golfschläger polierte, allzeit bereit, dem Lebensabend den richtigen Schwung zu verpassen.

Doch den richtigen Schwung konnte es nicht mehr geben. Alle Abschläge sind längst verpasst, dachte sie, mein armer, armer Mann. Sie trank ihr Glas leer, ignorierte die Schärfe des Alkohols. Mit dem Ärmel ihres Morgenmantels wischte sie eine Flasche nach der anderen ab, der Staub fiel in kleinen Bröckchen vom Stoff auf den Fußboden, sie konnte sich nicht daran erinnern, jemals zuvor die Hausbar geputzt zu haben. Die Flasche mit dem Portwein war die einzige ohne Staubschicht, Magdalena zog den Korken mit ihren Zähnen heraus und roch an der dunklen Flüssigkeit. Es war erstaunlich, dass Herb Senior einen so ausgeprägten Hang zur Süße hatte.

HERB SENIOR ZOG die Tür hinter sich zu, rüttelte zur Kontrolle am Türgriff und stellte seine Ledertasche auf die Art-Déco-Kommode. In der Wohnung war es ganz still, es roch nach nichts. Es roch nie nach etwas bei ihnen, schon seit Jahren nicht mehr. Magdalena war im Schlafzimmer, in letzter Zeit immer häufiger, offenbar hatte sie zu einer gewissen inneren Ruhe zurückgefunden, er konnte das Licht in der Tür sehen, während er seine Schuhe auszog und sie an ihren Platz stellte.

»Ich bin zuhause«, sagte er laut, damit seine Frau sich nicht erschreckte, sollten sie im Laufe des Abends zufällig aufeinandertreffen. Im Schlafzimmer raschelte eine Bettdecke. Stille. Alles wie immer, ein beruhigendes Gefühl.

Herb Senior ging ins Wohnzimmer, schenkte sich ein kleines Glas Portwein ein und setzte sich auf das Sofa. Im Fernsehen lief tonlos eine Sendung, in der verschiedene Menschen die Hochzeit anderer Menschen bewerteten, indem sie Tafeln mit unterschiedlich hoher Punkteanzahl in die Kamera hielten. Eine adipöse Braut löffelte lustlos Hochzeitssuppe und zupfte zwischendurch in unerträglich kurzen Abständen an ihrem Corsagenoberteil, das von ihren schweren Brüsten nach unten gezogen wurde. Herb Senior bewegte seine Zehen, um sie durchzulüften und die feuchten Socken ein wenig von der Haut zu lösen. Sein Rücken schmerzte.

»Magdalena, heute hatte ich eine Patientin, bei der sich ein Fötus von zweien nicht ausreichend weiterentwickelt hat. Stell dir vor, sie war nicht einmal unglücklich darüber. Sie meinte, eine Hausgeburt sei bei Zwillingen schwer möglich, und sie würde niemals im Leben für eine Geburt ein Krankenhaus betreten. Die sind doch alle verrückt geworden, die Weiber. Fürchten sich vor dem Fortschritt und sehen den Rückschritt als Antwort darauf. Ich musste mich wirklich zusammenreißen. Ich habe ihr nicht gesagt, dass es zwei Mädchen werden, obwohl ich es ganz deutlich sehen konnte. Früher hätte sie das Geschlecht auch erst bei der Hausgeburt erfahren, also soll sie ruhig noch warten.«

Seine Stimme hallte laut durch das Wohnzimmer, irgendetwas hatte sich verändert, akustisch.

DER ABEND, AN dem er zum Multimillionär wurde, begann recht beschaulich. Der Mann namens Klaus hatte fein säuberlich in eine Socke hineinonaniert und selbige dann im eigens dafür bereitgestellten kleinen Wäschekorb mit Deckel entsorgt. Er hatte sich danach kurz aufrichtig geschämt für seine unter Umständen doch etwas zu gewaltorientierte Filmauswahl. Die Scham gehörte untrennbar zur Onanie dazu, setzte meist direkt zu Beginn der Eruption ein, sodass er selten einen Orgasmus bis zum Ende auskosten konnte, sondern sich nur ekstatisch zuckend seiner eigenen Schäbigkeit bewusst wurde. Die Scham danach war für ihn eine Frage der guten Manieren, so wie eine Gedenkminute nach einem tragischen Attentat oder der autofreie Sonntag, den er rein theoretisch unterstützte, da er kein Auto besaß. Als er sich genug geschämt hatte, holte er sich vier Snackwürste im Brotmantel aus dem Kühlschrank, sein übliches Abendessen. Er legte sie exakt nebeneinander auf den Sofatisch und holte die Lottoscheine aus der Brusttasche seines Hemdes. Der Mann namens Klaus spielte sehr unregelmäßig Lotto, hatte diesmal nur so viele Scheine gekauft, weil er die Trafikantin außergewöhnlich anziehend fand. Sie war zwar um einiges älter als er und wirklich füllig, aber sie arbeitete einarmig, da ihr ein Arm aufgrund einer Infektion hatte amputiert werden müssen. Ihre Einarmigkeit faszinierte ihn, er mochte es, dass sie ihre fünf verbliebenen Fingernägel schwarz lackiert hatte, besser gesagt lackieren hatte lassen, als würden sie Trauer tragen um die verlorenen Pendants. Sie arbeitete bedächtig und langsam, stellte sich schräg, wenn sie etwas in die Kassa eintippen wollte, und zog jede Zigarettenschachtel vorsichtig aus dem Regal, um nichts hinunterzuwerfen. Der Mann namens Klaus hatte sie über die Operation und das Phänomen der Phantomschmerzen ausgefragt, so lange, bis ihre Augen glänzten und er das erwärmende Gefühl bekam, dass sie ihm mit der fehlenden Hand gerne eine verpasst hätte. Er blieb extra eine halbe Stunde am Tresen neben dem Zeitschriftenregal stehen und füllte einen Lottoschein nach dem anderen aus, in provokanter Langsamkeit, angepasst an ihr Arbeitstempo.

Er packte die erste der Snackwürste aus und aß sie in drei großen Bissen. Irgendetwas an dem Moderator der Sendung war seltsam und stieß ihn ab, aber er kam einfach nicht darauf. Der Mann war attraktiv, gut gekleidet, seine Stimme klang angenehm. Die Kugeln rauschten in der Trommel, der Mann namens Klaus packte die zweite Snackwurst aus ihrer Folie. Der Brotmantel war trocken, er hatte leider schon wieder eine ältere Charge erwischt. Das passierte in letzter Zeit öfter, er würde seine Ernährungsgewohnheiten überdenken müssen, sollte es so weitergehen. Schließlich gab es auch fertig verpackte Teigtaschen mit Pizzafüllung vom selben Anbieter. Er hustete kurz demonstrativ auf, legte den Rest der Wurst wieder auf den Tisch und begann, die ersten Lottoscheine auszusortieren. Es waren die Augenbrauen des Moderators, eindeutig. Diese Augenbrauen waren elegant gezupft, sogar gekämmt, komplett ebenmäßig in der Farbgebung und von dichtem Wuchs. Ihre Perfektion verlieh ihm etwas Feminines, was der gefällige Rest seiner Gesamterscheinung nicht zur Gänze zu neutralisieren vermochte. Der Mann namens Klaus war erstaunt, dass er so viele Zahlen auf seinen Lottoscheinen im Fernsehen wiedererkannte. Er würde wohl den Einsatz wieder zurückbekommen, eine halbe Stunde Scheine ausgefüllt zu haben erwies sich im Nachhinein als solide Investition. Eine einarmige Trafikantin konnte man ja nicht jeden Tag in Ruhe studieren. Als sie gezielt eine Zigarette aus der Packung gezogen hatte, sie kurz auf der Theke rollte, im Pinzettengriff zum Mund führte und zwischen die perlmuttglänzend geschminkten Lippen steckte, ein Feuerzeug aus der hinteren Hosentasche zog und die Zigarette anzündete, war sich der Mann namens Klaus sicher, nie vorher in seinem Leben so viel Anmut auf einmal gesehen zu haben. Als wäre sie eine in

Ungnade gefallene Gottheit, gestrandet in einer Trafik, mit nur mehr einem Arm statt vorher vieren.

Je länger die Ziehung dauerte, je mehr Zahlen endgültig in Reih und Glied lagen, desto mehr wurde dem Mann namens Klaus bewusst, dass er sich jetzt konzentrieren musste und die Erinnerungen an die Trafikantin hintenanstellen. Auf diesem einen Schein, der direkt neben der angebissenen Snackwurst lag, waren die Zahlen mit denen im Fernseher identisch. Also gleich. Die gleichen Zahlen. Das war wohl gut. Oder ein Fehler, vielleicht neigte sein Hirn heute zum Spiegeln. Er fing an, die Zahlen laut vor sich hinzusagen und dabei vor und zurück zu wippen:

»2 im Fernsehen, 2 auf dem Schein.

9 im Fernsehen, 9 auf dem Schein.

19 im Fernsehen, 19 auf dem Schein.

21 im Fernsehen, 21 auf dem Schein.

23 im Fernsehen, 23 auf dem Schein.

28 im Fernsehen, 28 auf dem Schein.

Zusatzzahl 34, da wie dort.«

Der trockene Brotmantel hatte ein paar Brösel auf dem Schein hinterlassen, der Mann namens Klaus wischte sie vorsichtig weg und bekam es sofort mit der Angst zu tun. Was, wenn seine Finger zu fettig waren und das Fett die Druckerfarbe vom Schein löste, die Zahlen unkenntlich machte? Er stand auf und holte seine Dokumentenmappe aus dem Kleiderkasten im Schlafzimmer, voller Panik, der Schein würde verschwunden sein, wenn er ins Wohnzimmer zurückkäme. Aber er lag noch da, hysterisch bunt bestrahlt von einer Möbelhauswerbung. Der Mann namens Klaus hob ihn vorsichtig hoch und steckte ihn in die Klarsichthülle zu seiner Geburtsurkunde und dem seit zwanzig Jahren nicht mehr aktualisierten Impfpass. Ein teurer Fremdkörper, so wunderschön konnte ein kleines Stück Papier sein. Er räusperte sich laut, schüttelte kurz den Kopf und zog sein Handy aus der Hosentasche, um herauszufinden, um welche Summe es gegangen war heute.

DAS PAPIER HATTE sich an den Stellen gewellt, auf die seine Tränen gefallen waren. Herb Junior strich mit den Fingerkuppen darüber und überlegte kurz, ob das Papier oder doch eher seine Haut so rau war. Die Zeitschrift war ganz offensichtlich billig gedruckt, kein hochwertiges Blatt, natürlich, sonst hätte es sich nicht solch hohlen Inhalten wie dem Privatleben eines neuen Ministers gewidmet. Herb Junior hatte ihm mitten ins Gesicht getropft und jetzt sah er aus wie ein Aquarell der Schande, ein Verflossener, ein werdender Vater in legerer Freizeitkleidung, der das Gitterbett für seinen Sohn zusammenschraubte. Neben ihm die Verlobte, sommersprossenübersät und mit dicker Körpermitte. Sie reicht ihm dümmlich grinsend einen Inbusschlüssel, ihre Beine glänzen so unnatürlich im leichten Seidenkleid, als hätte sie Unmengen Creme an sie verschwendet. Ihre Füße stecken in hohen Riemchensandalen mit unpassend dünnen Absätzen, nichts für eine Frau in ihrem Zustand, fand Herb Junior. Im Hintergrund die Küche, in der er so viel gekocht hatte, Süßkartoffeln in der Obstschale, welch Wahnwitz. Diese Frau konnte nicht kochen, das sah er sofort, auch wenn die Zubereitung eines Brathuhns fotografisch festgehalten und ausgiebig beschrieben wurde. Ein Foodstylist musste am Werk gewesen sein, Herb Junior war nicht naiv, er besaß zahlreiche Kochbücher und hatte sich in den ersten Jahren geärgert, dass die Ergebnisse seiner Bemühungen nur in den seltensten Fällen ansatzweise so aussahen wie die im Buch abfotografierten Speisen. Diese Bräune war in der Realität eine Unerreichbare und die Kräuterbüschelchen neben dem Brathuhn im Emaille-Bräter strotzten so plakativ vor Vitalität und Farbbrillanz, dass man fast zu glauben geneigt war, sie seien aus Plastik.

Herb Junior betrachtete die Bilder seit Stunden, er hatte in der Praxis angerufen und sich krankgemeldet und jetzt analysierte er eines nach dem anderen, blätterte vor und zurück, aus Angst, einen wesentlichen Aspekt nicht begriffen zu haben. Der Nationalratsabgeordnete war Minister geworden. Ein frisch verlobter Minister. Mit einer Frau, die früher Kosmetik verkauft hatte und sich von nun an der wachsenden Familie widmete. Vorne links auf einem Bild die Tochter aus erster Ehe, sie freue sich auf ihr Geschwisterchen und ebenso darüber, dass der neue Mann der Familie den von ihr langersehnten Hund in die Beziehung mitbringe. Albi, du verlauste Hure.

SORGFÄLTIG STUDIERTE HERB Senior das Wohnzimmer, aber die Möbel standen alle an denselben Stellen wie seit Jahren und auch an den Wänden hatte sich nichts verändert. Die gerahmten japanischen Holzschnitte aus der Edo-Zeit hingen direkt über der Hausbar, die Geishas wandten sich wie gewohnt von ihm ab, nach links, nach rechts, jeglichen Blickkontakt vermeidend. Oft hatte er, seine Trunkenheit über Stunden bedächtig steigernd, in seinem Ohrensessel neben der Hausbar gesessen und vergeblich probiert, eine der blassen Damen mit anzüglichen Kommentaren über ihre Berufswahl zum Herschauen zu bewegen. Die Anordnung der bunten Kimonos war ihm daher bestens vertraut, keinerlei Unregelmäßigkeit nachweisbar, aber die Akustik hatte sich trotzdem hörbar verändert.

»Hast du hier im Wohnzimmer etwas umgestellt, Magdalena?«, fragte Herb Senior, um seine Stimme auszuprobieren. Und tatsächlich, es fühlte sich an, als ob der Schall seiner Worte nicht mehr als höchstens einen halben Meter übertragen würde. Seine Frage endete bei der Hausbar, wickelte sich um eine Ginflasche, rutschte schwer zu Boden und zerfloss in ihre einzelnen Buchstaben. Die kleine Queen-Elizabeth-Figur, ein solarbetriebenes, winkfähiges Partygeschenk von Freunden, winkte ihm trotz Abenddämmerung freundlich zu und bewegte dabei ihre Mundwinkel, ihr höfliches Lächeln verzog sich langsam zur verstörenden Grimasse. Die Queen stand knöcheltief in den Buchstaben des zerflossenen Satzes, das Fragezeichen hatte sich in ihren Pumps verhakt und schwang im Takt mit der winkenden Hand. Herb Senior war kein poetischer oder gar mystisch veranlagter Mensch und stolz darauf, deswegen konnte er diese Beobachtung nicht im Geringsten genießen, sondern bekam sofort Panik. Er nahm einen großen Schluck Portwein, schloss die Augen und versuchte sich zu konzentrieren. Das Klirren des zerspringenden Glases auf dem Parkettboden ignorierte er, dafür war später noch Zeit, er würde dann diesen …, dieses …, diese Vorrichtung holen, um die Scherben damit zusammenzukehren und … vielleicht am besten erst nach einem kurzen Schläfchen. Nur kurz hinlegen, eine einzige lange Sekunde.

Herb Senior hatte die Augen geschlossen und sah trotzdem einen schwarzen Schatten vorbeiwehen, eine blumige Stoffwolke, die sich in Richtung Küche bewegte. Seltsam, jetzt werden meine Augenlider durchsichtig, dachte er und seufzte.

MAGDALENAS FINGER WAREN eiskalt und zitterten, sie konnte die bläulichen Adern gut sehen, die ihre Handoberflächen durchzogen, alles Blut aus den Fingern herausgepumpt, die Ringe saßen locker, der schlichte Ehering und die beiden Diamantringe, die sie je zu den Geburten von Herb Senior bekommen hatte, zu Gretas einen schmalen Eternity-Ring mit Brillanten, zu Juniors einen Solitär, mit dem sie sich normalerweise beim Frisieren immer wieder unabsichtlich das Gesicht zerkratzte. Sie hielt ihre Hände hoch in den kühlen Lichtschein der Deckenlampe und betrachtete dieses fragile Zittern, während sie zu der Erkenntnis gelangte, dringend ein großes Stück von der Salami zu benötigen.

Sie hatte das Rumpeln aus dem Wohnzimmer zuerst gut ausblenden können, aber ihre Finger gehorchten ihr nicht mehr. Die Atmung konnte sie kontrollieren, sogar ihren Herzschlag fand sie höchstens beschwingt, aber die Finger waren weit genug entfernt von ihrem Gehirn, um dessen Befehle einfach zu ignorieren.

Sie durfte nur nach vorne sehen, wenn sie in die Küche ging, nicht in den Wohnbereich hinein, denn dann würde sie es nicht bis zum Kühlschrank schaffen, so viel war Magdalena klar. Sie musste die Salami ganz vorsichtig mit dem Messer schneiden, denn zitternde Finger eigneten sich denkbar schlecht für eine solche Tätigkeit. Sie durfte nicht schlingen, sondern musste die Wurst gut kauen, ganz bewusst einspeicheln und in Etappen hinunterschlucken. Denn ausgerechnet jetzt zu ersticken wäre ihrer unwürdig, wenn auch auf eine Art skurril, die Magdalena gefallen hätte, hätte sie nicht ihren eigenen Tod inkludiert.

Sie band den Gürtel ihres Morgenmantels so eng, dass er ihr die Rippen einschnürte und das Atmen erschwerte. Mit aufrechten, gesetzten Schritten verließ sie das Schlafzimmer und durchquerte den Flur, hinter ihr wehte die kleine Schleppe und umspülte ihre Beine mit kühler Luft. Vorsichtig öffnete Magdalena die Tür zum Wohnbereich, ausschließlich darauf fokussiert, ein Hängenbleiben der Trompetenärmel an der Türklinke zu verhindern. Die Federn am Kragen stachen sie in den Nacken, aber sie erlaubte es sich nicht, dort zu kratzen. Manche Dinge musste man aushalten können.

Zügig durchschritt sie den Essbereich hin zur Küche und riss die Kühlschranktür auf. Dessen reizlose Beleuchtung und der vertraut alltägliche Inhalt beruhigten sie sofort. Die Salami lag im untersten Fach, sie schnitt ein großes Stück ab und stopfte es sich in den Mund. Sie zwang sich zu kauen, stützte sich mit einer Hand an der Kühlschranktür ab und hielt ihr Gesicht hinein in die Frische, denn es glühte.

Ihr war, als würde jemand hinter ihr mit Mundwasser gurgeln. Langsam schloss sie den Kühlschrank, spürte die sich wieder ansaugende Tür und hätte sich gerne selbst an irgendetwas Stabiles dazuvakuumiert, so schwindelig war ihr zumute. Doch stattdessen ging sie auf Herb Senior zu, als wäre es das Normalste auf der Welt, dass er auf dem Fußboden lag, inmitten von Scherben und den Mund sperrangelweit offen. Sie kniete sich neben ihn, überrascht davon, dass seine Wangen nass waren. Eine kleine Feder klebte ihm im Gesicht, Magdalena zupfte sie weg und zwirbelte sie zwischen den Fingern. Mit Tränen hatte sie nicht gerechnet, sie nahm einen Zipfel ihres Morgenmantels und wischte sie gründlich weg. Tränen beeinträchtigten ihre Konzentration.

Magdalena legte sich neben ihren Mann, der sich von Zeit zu Zeit leicht aufbäumte, ansonsten aber eine beruhigende Wärme ausstrahlte. Sie drückte ihren Oberkörper an seine Seite, strich mit den Fingerkuppen seine Flanke entlang und glitt sanft hinein in Herbs Hosentasche, um das Telefon herauszuziehen.

HERB SENIOR BEKAM die Augen nicht mehr auf, sah aber trotzdem durch die Lider hindurch, erstaunlicherweise in Farbe, jedoch unscharf und nur zweidimensional. Das konnte nicht sein, so etwas war physiologisch unmöglich, sein Gehirn spielte ihm einen Streich. Er hätte gerne etwas zu diesem Thema nachgelesen. Er probierte so intensiv, die Augen aufzumachen, die Wimpernkränze auseinanderzu-reißen, dass ihm seitlich an den Schläfen die Tränen hin-unterliefen. Eiskalt fühlten sie sich an, Herb Senior hätte sie am liebsten unwirsch weggewischt, denn ihm war ganz unwirsch zumute, aber er lag mit vollem Gewicht auf sei-nem Arm und wollte nicht ausprobieren, ob er sich bewe-gen konnte, da er den starken Verdacht hegte, momentan rein gar nichts unter Kontrolle zu haben. Der schwarze Schatten, der an ihm vorbeigehuscht war, kam in der Küche vor dem Kühlschrank zu stehen, es war Magdalena im Morgenmantel, das wusste er gewiss, als eine kleine Feder zart seine Wange streifte und auf der Tränenbahn kleben blieb.

Sie öffnete den Kühlschrank, Herb Senior hörte Fla-schen in der Kühlschranktür klirren und das Licht aus dem Inneren blendete ihn. Noch nie vorher war ihm auf-gefallen, wie hell es war und wie weit es strahlte. Seine Zahnreihen drückten aufeinander, und je dringender er den Mund öffnen und Worte hinausschießen wollte zu Magdalena vor dem Kühlschrank, wie konnte sie mit dem Rücken zu ihm stehen, wieso drehte sie sich nicht um, je lauter er diese Worte in den Abend hineindrücken wollte, desto stärker krampfte sein Kiefer sich zusammen, sodass er es mit der Angst zu tun bekam, seine Zähne pulverig zu mörsern.

Die Kühlschranktür wurde wieder geschlossen, das Licht war weg, sein Kopf plötzlich ganz dunkel, dafür spürte Herb Senior jetzt den Schmerz in seiner Brust, ihm war, als würde eine furchtbare Kraft alle im Brustkorb be-findlichen Organe zu einem harten Klumpen zusammendrücken. Er hörte Teller scheppern und sah kurz darauf Magdalenas Morgenmantel breit aufgefächert auf sich zufliegen. Der Morgenmantel beugte sich zu ihm herunter und eine Hand zupfte ihm die schwarze Feder von der Wange.

Herb Senior gelang es endlich, den Mund aufzureißen, mit einem gurgelnden Laut öffnete er sich weitestmöglich, um sofort in diesem Zustand festzufrieren. Jetzt konnte er den Mund nicht mehr schließen. Ich kann atmen, dachte er, immerhin kann ich atmen, nur die Ruhe bewahren. Magdalenas Hand bewegte sich in seiner Hosentasche, er spürte sein Handy hinausgleiten und eine rechteckige Lücke an seinem Körper hinterlassen. Sie war so lebensuntüchtig, seine Frau, wie sie langsam vor sich hin tippte und immer wieder das Gesicht verzog, wenn sie etwas falsch gemacht hatte. Als sie fertig war, schob sie das Handy zurück in seine Hosentasche, setzte sich neben ihn auf den Boden und streichelte ihm sanft über die Wange.

Herb Senior überlegte, wann er das letzte Mal ihre Stimme gehört hatte. Ihm war es immer noch nicht eingefallen, als er auf einer Tragbahre aus der Wohnung getragen wurde.

DIE SANITÄTER WAREN sich alle einig, dass sie verständlicherweise wohl unter Schock stand, ein Zivildiener hatte ihr ein Merkblatt mit wichtigen Telefonnummern in die Hand gedrückt, mit gelbem Leuchtmarker ein paar von ihnen angestrichen und dabei beruhigend auf sie eingeredet, aber Magdalena ging es überhaupt nicht schlecht. Die Männer wussten eben nicht, dass sie schon lange nichts mehr sprach, nicht nur in Notfällen stumm war. Sie lächelte den Zivildiener an.

Als sie aufgehört hatte zu sprechen, waren ihr zu Beginn die Worte noch schwer auf der Zunge gelegen, nach einiger Zeit zersetzten sie sich auf der Zungenspitze erst in einzelne Silben, dann zu Lauten, die ebenfalls ihren Mund nicht verlassen konnten, egal wie bedrohlich sich diese Zersetzung anfühlte, die einzelnen Laute konnten nur zwischen Zunge und Gaumen kreisen wie ein Hornissenschwarm, bis ihr der Kopf dröhnte. Irgendwann, sie hatte sich mit dem regelmäßig auftretenden Dröhnen in ihrem Kopf arrangiert wie andere mit einem lästigen Tinnitus, verschwanden die Laute und hinterließen eine gellende Stille. Ihr Kopf fühlte sich so leicht an, wie sie es zuletzt als Kind erlebt hatte, und Magdalena wusste, dass sie sich diesen Zustand hart erarbeitet hatte und ihn nicht durch Bequemlichkeit wieder verlieren durfte, also schwieg sie weiterhin.

Es war natürlich unangenehm, wenn der eigene Mann einen Anfall hatte, wahrscheinlich das Herz oder vielleicht auch das Hirn, beides erschien ihr anfällig bei Herb Senior, und man trotzdem keinen einzigen behauchten Buchstaben fand für einen klassischen Notruf. Doch Magdalena hatte einen Gehörlosennotruf abgesetzt, eine SMS verschickt und sich dabei immer wieder vertippt. Ihre Finger waren zu steif und die Autokorrektur hatte ein paar absurde Vorschläge geliefert und sie damit immer wieder aus der Situation herauskatapultiert, weil sie ein Lachen oder Aufstöhnen unterdrücken musste. Es dauerte eine gefühlte

Ewigkeit, bis sie auf »Senden« drücken konnte, und danach wusste sie nicht, was zu tun war, und blieb einfach neben Herb Senior sitzen, um ihm beruhigend über die Wange zu streicheln, während er immer wieder krampfte.

Jetzt war sie allein, sie hatte beschlossen, in der Wohnung zu bleiben, sich auszuruhen von all der Aufregung und erst am nächsten Morgen ins Spital zu fahren, um dort nach ihrem Mann zu sehen. Ihr war die Vorstellung von vielen Menschen und der mit Spitälern verbundenen Bürokratie zuwider, sie fühlte sich außerstande, dort überhaupt den richtigen Eingang zu finden.

Sie sah aus dem Küchenfenster auf den Krankenwagen. Die Sanitäter sprachen mit Herb Junior, der von einem Spaziergang mit einem ihr unbekannten Hund zurückgekehrt war. Eigentlich mochte Herb Junior keine Hunde, was bei diesem Exemplar auf Gegenseitigkeit zu beruhen schien, so ausdauernd wie es an der Leine zerrte und dabei fast zustande brachte, Herb Junior vor ein fahrendes Auto zu ziehen.

Dann kippte sie den restlichen Portwein in die Abwasch, spülte die Flasche umständlich aus und überlegte, wann sie das letzte Mal die Wohnung verlassen und sich weiter als drei Straßen von ihr entfernt hatte. Letzten Sommer war sie einmal früh morgens an einem Spielplatz vorbeigegangen, rauchend. Morgentau lag auf den Geräten, das Holz war weich und dunkel, genauso wie der Sand, bevor die Sonne alles spröde auftrocknen würde und Massen von Kindern Staubwolken aufwirbeln. Ein Punk saß auf dem Rutschenturm und packte Sachen aus seinem Rucksack, die er fein säuberlich aufreihte wie für ein Picknick. Magdalena blieb stehen und beobachtete ihn, während sie sich eine neue Zigarette anzündete. Sie wollte das Rauchen bald aufgeben, aber sie wusste, dass sie sich dann noch weniger bewegen würde, da sie weder auf der Dachterrasse noch in der Wohnung rauchen konnte, ohne einen ernsthaften Konflikt mit Herb Senior zu riskieren. Er emp-

fand das Rauchen als lauwarmen Suizidversuch, sie fand,
es verschaffte ihr wenigstens ein bisschen Bewegung. Der
Punk hatte einen klassischen Irokesen, in blassem Grün
gefärbt, dafür aber akkurat abstehend. Er schien tatsächlich ein Picknick vorzubereiten, denn Magdalena erkannte
kleine Plastikschalen mit verschiedenen Mayonnaise-Sala-
ten, bedruckt mit grellbunten Aufschriften, typisch für die
Waren aus einem Discounter in der Nähe.

Sie dämpfte ihre Zigarette aus, öffnete das Tor zum ein-
gezäunten Spielplatz und ging bis vor den Rutschenturm.
Der Punk packte drei Flaschen Bier aus seinem Rucksack
und stellte sie neben die Mayonnaise-Salate.

»Hast du Tschik?«, fragte er Magdalena, ohne sie dabei
anzusehen. Sie öffnete ihre Handtasche und zog eine
angebrochene und zwei volle Schachteln Zigaretten her-
vor, die sie alle auf die oberste Sprosse der Kletterleiter
legte. Danach trat sie zwei Schritte zurück und beobachtete den Punk weiter. Sein Irokese schob sich ruckartig
nach vorne, als er seine Augen weit aufriss. Er sah aus
wie ein aufgescheuchter Vogel, Magdalena hätte gerne ein
Fernglas gehabt, um seine durchlöcherten Ohren genauestens zu studieren.

»Leiwand«, sagte er und griff nach den Zigaretten-
schachteln. Sie hätte selbst gerne wieder eine geraucht und
bereute ihre Großzügigkeit. Das ist Freiheit, dachte sie, im
Rutschenturm zu sitzen und Mayonnaise-Salate zu essen.

»Möchtest du auch«, fragte der Punk und hielt eine
Schale mit Wurstsalat hoch. Magdalena misstraute der
Vertrauenswürdigkeit der Kühlkette und den daraus resul-
tierenden Folgen für ihren Reizdarm und schüttelte den
Kopf.

Eine Mutter mit ihrem Kleinkind betrat den Spielplatz
und gaffte zu ihnen herüber. Das Kind hatte schlechte
Laune und warf schimpfend alle möglichen Sachen aus
dem Kinderwagen, die von der Mutter wortlos eingesam-
melt wurden, ohne dass sie den Blick vom Rutschenturm

abwendete. Der Punk löffelte sich quer durch seine diversen Schalen und spülte mit Bier nach. Er hatte einen besonders ausgeprägten Kehlkopf und Magdalena war sich nicht sicher, ob sie das männlich oder abstoßend oder beides zusammen finden sollte, als die Mutter »Das ist aber schon für Kinder, weißt eh!« in ihre Richtung rief. Der Punk löffelte weiter.

»Gschissene«, sagte er nicht ohne Phlegma und spuckte dabei Mayonnaise in die kühle Luft. Er fing an, seine Sachen wieder einzupacken, wobei ein Deckel von einer Plastikschale abfiel und sich deren Inhalt auf den Boden ergoss.

»Ficken«, sagte er leise, »verdammte Fickscheiße.« Er stand auf, schlug sich den Kopf am Dach des Rutschenturms an und richtete mit einer Hand seinen umgeknickten Irokesen wieder auf, während er die Rutsche hinunterrutschte.

»Baba«, sagte er in Magdalenas Richtung, die die Hand zu einem lahmen Winken hob. Der Punk ging auf die Mutter mit Kind zu, die nervös auf ihrer Bank sitzend in der Handtasche wühlte, um Geschäftigkeit vorzutäuschen. Ihr Kind warf ein Stück Banane aus dem Kinderwagen, begleitet von einem lauten Kreischen, der Punk stieg darauf, grinste und verließ den Spielplatz in einer Langsamkeit, die auch bedrohlich hätte wirken können, hätte er nicht so freundlich ausgesehen dabei.

Magdalena fragte sich, warum ihr diese Episode ausgerechnet jetzt wieder einfiel. Wahrscheinlich, weil sie gerade ganz dringend eine Zigarette wollte. Sie sammelte zwei Federn ihres Morgenmantels auf und warf sie in den Mistkübel, als Herb Junior an der Wohnungstür klingelte.

HERB JUNIOR HATTE die Situation erstaunlicherweise ohne großes Nachfragen sofort richtig erfasst, als er sah, wie sein Vater vor dem Haus von Sanitätern in einen Krankenwagen geschoben wurde. Er bewahrte Ruhe, obwohl er fast von einem Auto überfahren worden wäre beim zügigen Überqueren der Straße, um sich den Sanitätern vorzustellen und das weitere Vorgehen zu besprechen. An seine Mutter dachte er dabei ganz bewusst nicht, die war zuhause, wie immer, und wenn sie zuhause war, ging es ihr gut. Er sah dem Rettungswagen nach, der mit Blaulicht und Sirene die Straße hinunterfuhr, und wunderte sich darüber, da kaum Verkehr herrschte und der Wagen freie Bahn hatte. Kurz fragte er sich, ob das mit dem Zustand des Vaters zusammenhing, der mit seltsam aufgerissenem Mund auf der Trage gelegen hatte, die Augen so grotesk nach oben verdreht, dass unverhältnismäßig viel Weiß zu sehen war, oder ob es am Naturell der Sanitäter lag, am liebsten mit Sirenentönen und Blinklichtern unterwegs zu sein, um den eigenen Arbeitspuls in angemessener Höhe zu halten.

Dann ging er hinauf ins Dachgeschoß, gemeinsam mit dem immer wieder am Treppengeländer schnüffelnden Albi, er wollte ausreichend Zeit gewinnen, um innerlich eine Liste der Gegenstände zu erstellen, die sein Vater im Krankenhaus benötigte. Im ersten Stock verwarf er das Rasierzeug, denn sein Vater hatte zum einen recht spärlichen Bartwuchs und zum anderen sah es momentan so aus, als könnte er sich ohnehin nur mit Unterstützung von seinen Gesichtshaaren befreien. Herb Junior wusste, dass Herb Senior niemals freiwillig Hilfe für solche Banalitäten annehmen würde. Im zweiten Stock fiel ihm ein, dass sein Vater ungenutzte Hausschuhe besaß und jetzt die Gelegenheit hatte, sie anzuziehen. Im dritten Stock entschied er sich, später Bargeld abzuheben, falls der Vater in der Cafeteria Zeitungen kaufen wollte, und im vierten Stock bereute er, nicht den Lift genommen zu haben, da seine Atmung bedrohlich rasselte und er diesen metallischen Geschmack im Mund spürte, den sein Körper bei jeder Überanstrengung erzeugte. Albi wedelte mit dem Schwanz, aus seinem Maul tropfte Speichel auf die mattgrauen Stufen.

Magdalena stand in ihrem Morgenmantel auf der Türschwelle, die Haare offen und zerzaust. Die Arme waren ganz verschwunden in den riesigen Trompetenärmeln, die traurig herabhingen wie bei einer gekappten Marionette. Herb Junior fragte sich, seit wann seine Mutter so viele graue Haare hatte, und umarmte sie. Der Stoff ihres Morgenmantels fühlte sich überraschenderweise nicht halb so weich an wie vermutet und eine Feder kitzelte ihn in der Nase. Magdalena erwiderte die Umarmung, indem sie leicht mit den Fingerspitzen über seine Hüften strich.

»Ich werde seine Sachen packen und dann ins Krankenhaus fahren«, sagte Herb Junior. »Brauchst du noch etwas?«

Magdalena schüttelte den Kopf und drückte ihm eine fertig gepackte, kleine Reisetasche in die Hand, die die ganze Zeit neben der Tür gestanden hatte.

OB DAS GANZ gewiss das Zimmer gewesen sei, in dem der James-Bond-Darsteller genächtigt habe, fragte der Mann namens Klaus zum wiederholten Mal an der Rezeption. Die sichtlich genervte Rezeptionistin im Dirndl bejahte seine Frage und bot ihm zur Ablenkung einen Apfel aus dem hauseigenen Garten an. Überall standen Körbe mit Äpfeln. Hinter ihr hing ein Autogramm des besagten Darstellers an der Wand, er hatte statt »Servus« »Seavus« geschrieben auf seinen eigenen beeindruckend abgebildeten Oberkörper, aber immerhin hatte er sich angestrengt. Der Mann namens Klaus war in den letzten Monaten in vielen Hotels gewesen und legte großen Wert darauf, bei seinen Zimmern und Suiten genauestens zu wissen, welche große Persönlichkeit vor ihm darin residiert hatte. Er wählte bewusst ausschließlich Hotels aus, in denen Berühmtheiten abstiegen, aber nach einiger Zeit in der Karibik und Südostasien war er doch sehr froh, dass sich auch hin und wieder ein Filmteam nach Österreich verirrte. Mit einer dieser schrecklichen Scheckkarten schloss er die Tür zu seiner Suite auf, an der in goldenen Lettern die 404 und das Wort LOSER prangten, betrat sie und hoffte, dass James Bond die Namensgebung hatte nachvollziehen können, als er auf das wunderschöne, gleichnamige Bergmassiv blickte.

Der Weinkühlschrank bestand den ersten prüfenden Blick auf dessen Inhalt, nur an der gläsernen Tür befanden sich noch Fingerabdrücke. Große Fingerabdrücke, sicherlich von einem Mann, recht wahrscheinlich von 007 persönlich. Der Mann namens Klaus öffnete seinen Koffer und suchte nach dem kleinen Spurensicherungsset, das er vor seiner Abreise im Internet bestellt hatte. Er staubte ein wenig Rußpulver auf eine kleine Platte, nahm das Pulver mit seinem Glasfaserpinsel auf und strich ganz vorsichtig über die durchsichtige Weinkühlschranktür. Die Fingerabdrücke wurden zwar sichtbarer, aber leider nicht so präzise wie erhofft, er seufzte, offenbar waren sie älter als angenommen. Trotzdem nahm er ein vorgeschnittenes Stück

Klebefolie aus dem Etui, zog das Schutzpapier ab und drückte die haftende Seite sanft gegen die Kühlschranktür. Den Abzug der Fingerabdrücke klebte er in seine Dokumentationsmappe, in der sich zahlreiche Sammlerstücke befanden. Er platzierte sie direkt neben die aus dem Duschabfluss in St. Petersburg gefischte Haarsträhne, ursprünglich ein recht unansehnliches und leicht schleimiges Knäuel, das er in stundenlanger Arbeit gereinigt, entwirrt und nach Haarstruktur und Farbe sortiert hatte, um ausschließlich die mahagonibraun gefärbten langen Haare der berühmten Opernsängerin in einer Strähne zu bündeln. Sein absolutes Lieblingsstück war der abgeschnittene Fußnagel einer stark alkoholabhängigen Schauspielerin, den er direkt neben der Klobürste in einer Hotelsuite in St. Barth gefunden hatte. Zuerst musste er natürlich an der Herkunft des Nagels zweifeln, aber die Schauspielerin hatte die Suite unmittelbar vor ihm bewohnt und die aktuellsten Paparazzifotos von ihr zeigten sie mit traurig erschlafften Hinterbacken, einst ihr Markenzeichen, und grellorange lackierten Zehennägeln an der Beachbar, mit komplett erstarrter Mimik am Strohhalm eines Cocktails saugend. Der gefundene Nagel wies Reste von grellorangenem Nagellack auf, der Mann namens Klaus ließ sich deswegen sogar zu einem kleinen Entzückensschrei hinreißen. Selten war etwas so perfekt, er verpackte den Nagel in Folie und widmete ihm eine ganze Seite in seiner Dokumentationsmappe.

Erst wenn er in einem Hotelzimmer gefunden hatte, wonach er suchte, nämlich ein Stück menschlicher Materie der Unerreichbaren, konnte er sich so richtig entspannen. Er nutzte die Annehmlichkeiten der Zimmer rein in dem Wissen, dass er es den vorherigen Bewohnern gleichtat, wenn er auf der Toilette saß und durch eine irritierende Glastür auf das Meer starrte, während die für seinen an die absolute Eintönigkeit gewöhnten Verdauungstrakt ungeeignete Hotelnahrung diesen zügig wieder verließ. Er spürte in solchen Momenten eine Verbundenheit mit den Fremden, mit den Berühmten, denen es wahrscheinlich ähnlich ergangen war wie ihm, die ihn unglaublich glücklich machte, es gab nichts Erfüllenderes für den Mann namens Klaus, als im letzten Hauch der Hinterlassenschaften großer Persönlichkeiten ein langes Bad zu nehmen und diese besondere Stimmung in sich aufzusaugen. Nach ein paar Tagen war davon bedauerlicherweise nichts mehr übrig, das Hotelzimmer verseucht mit seinen eigenen Befindlichkeiten, dann setzte er sich an den Laptop und suchte sich die nächste Person öffentlichen Interesses, je nach Gusto mit exzessiver, egozentrischer oder hochgeistiger Note, lokalisierte deren Aufenthaltsort und machte sich auf den Weg zum Flughafen. Und wenn er im Flugzeug in der First Class zufällig in der Nähe einer Berühmtheit saß, ärgerte er sich jedes Mal, denn das fühlte sich an wie Schummelei.

HERB JUNIOR HATTE sich rein oberflächlich betrachtet damit abgefunden, seinen Vater nun komplett in der Praxisklinik zu ersetzen. Die drei Sprechstundenhilfen hielten ihn für eine Witzfigur, das bekam er regelmäßig mit, denn ihnen war nicht bewusst, dass er, nur außerhalb des Sichtfelds hinter einer angelehnten Tür, nachlässig geflüsterte Bemerkungen sehr wohl hören konnte. Schon früher, als sein Vater noch täglich in der Praxis gewesen war, hatten sie Herb Junior wohl nicht ernst genommen, denn sonst hätte zumindest eine von ihnen versucht, ihn zu verführen und zur Arztgattin aufzusteigen. Das gehörte doch zum guten Ton, wenn man Sprechstundenhilfe, jung, ledig und blond war. Er hatte sogar einmal versucht, eine von den dreien, er wusste nicht mehr genau, welche, auf einen Kaffee einzuladen, weil ihm sein Stolz gebot, zumindest eine wünschenswerte Zukunftsoption für irgendjemanden zu sein, wenn auch nur für eine Frau. Aber die drei Perlen hatten ihn immer ignoriert und behandelt wie einen lästigen kleinen Bruder, und jetzt, wo sein Vater weg war, gestaltete es sich keinen Deut besser.

Herb Junior verlieh seinen Gefühlen Ausdruck, indem er die Indikationen für Mammografien großzügiger interpretierte als gemeinhin üblich und täglich die größte Freude dabei verspürte, möglichst oft hintereinander verschiedene Brüste eine Spur zu fest zwischen die Mammografieplatten zu quetschen.

»Das kann jetzt etwas unangenehm werden«, sagte er und freute sich, mitanzusehen, wie sich das Gewebe gegen die Platten drückte und den Frauen langsam bewusst wurde, in welch entwürdigender Situation sie sich befanden. Er wartete immer so lange mit den Scans, bis bei allen Patientinnen das ohnehin vorgetäuschte theoretische Interesse an dem technischen Vorgang der Untersuchung längst verebbt und einer unruhigen Peinlichkeit gewichen war.

Auch fettete er das Spekulum vor dem Einführen nur mehr halbherzig ein und sparte sich den Aufwand, es

176

vorher auf Körpertemperatur zu erwärmen, um scheinbar genervt die Augenbrauen hochzuziehen, wenn die Frauen auf dem Behandlungsstuhl vor ihm wegzuckten. Sein Leben erschien ihm weniger trostlos, wenn ihn seine Patientinnen mit einem leicht brennenden Gefühl im Schritt und der Gewissheit verließen, dass Brüste ab einem gewissen Alter nichts anderes mehr waren als fleischgewordener Hohn.

DAS PFLEGEBETT WURDE im Wohnzimmer aufgebaut, wie von Magdalena präzise beauftragt, mitten im Raum, mit Blick zur Bücherwand. Die Lieferanten hatten sie mit großem Respekt behandelt, eine Frau, die ihren Mann zuhause pflegte und dafür so viele Umstände in Kauf nahm. Als sie endlich weg waren, hatte sie sich probehalber auf die noch folienverschweißte Matratze gelegt, mit der Fernsteuerung ein paar Mal die Höhe verstellt, und war guter Dinge, einen schönen neuen Lebensraum für Herb Senior geschaffen zu haben. Sie hatte sich bewusst dagegen entschieden, ihm einen Überblick über den Raum zu ermöglichen, und das Bett mit dem Kopfende hin zum Küchenbereich und zur Tür stellen lassen, denn er sollte zur Ruhe kommen und sich entspannen. Er würde in einem sehr pflegebedürftigen Zustand nachhause zurückkehren, das Sprachzentrum stark gestört, der Muskeltonus schlaff, dauerhaft bettlägerig und angewiesen auf die Übungen, die Magdalena und die Pflegerin mit ihm durchführen sollten. Magdalena hatte einige Bücher zum Thema Pflege gelesen, sie liebte den Stil, in dem diese verfasst waren, als wären Pflegebedürftige wie Haustiere, denen man besonderen Respekt zollte, während man ihnen in stark vereinfachter Sprache die Pflegeverrichtungen ankündigte.

Der Kühlschrank war gefüllt mit Spezialbreien, sie hatte weiche Waschlappen bestellt, extra in mehreren Farben, um damit unterschiedliche Körperregionen zu reinigen. Sie hatte ein ganzes Sortiment an Kinderzahnbürsten gekauft, mit weichen Borsten, um Herb Senior die Zähne zu putzen, denn aufgrund seines stark beeinträchtigten Schluckreflexes war es wichtig, dass keine Speisereste in der Mundhöhle verblieben. Es war, als hätte sich schon jetzt die ganze Wohnung verändert, in jedem Zimmer gab es eine Neuerung, auch wenn es nur der leer geräumte Garderobenhaken für den Mantel und die Umhängetasche der Pflegerin war. Die letzte Salami hatte Magdalena aus reiner Sentimentalität noch einige Tage aufbewahrt und dann weggeworfen. Die Ära der Wurstwaren war eindeutig vorbei, ernährungstechnisch lag ihr Fokus nun auf Milchprodukten. Im Kühlschrank standen die Fruchtjoghurts einträchtig neben Herb Seniors Spezialbreien, eine andere Geschmacksrichtung für jeden Tag der Woche.

Jetzt blieb ihr nichts anderes mehr übrig, als zu warten und sie war erstaunt über die Vorfreude auf ihren Mann, die mit jedem Tag, den sie allein in der großen Wohnung verbrachte, stieg. Die vom Krankenhaus vermittelte Pflegerin sprach schlecht Deutsch, sie und Magdalena konnten sich auf Anhieb gut leiden und verständigten sich zusätzlich in einer Art ausladender Zeichensprache. Sie duftete ganz wunderbar nach Franzbranntwein und hatte ein breites Kreuz, sicherlich ein Vorteil bei Herb Seniors Körperpflege, denn Magdalena allein fühlte sich zu schwach, um ihn umzulagern oder gar anzuheben. Die Anwesenheit der Pflegerin machte sie glücklich, es war, als hätte sie Kraft und Bodenständigkeit an eine andere Person delegiert. Die Zukunft roch nach Routine und Desinfektion, Magdalena hätte nicht zufriedener sein können. Manchmal gab es ja doch mehr Optionen als ursprünglich gedacht.

HERB JUNIOR HATTE den Vater genau drei Mal besucht seit seinem Krankenhausaufenthalt. Beim ersten Mal war er sich sicher gewesen, dass dieser bald wieder der Alte sein würde. Nicht, weil es irgendein Anzeichen dafür gegeben hätte, im Gegenteil, Herb Junior war entsetzt darüber, wie wehrlos sein Vater im Bett lag und sich abmühte, den gefütterten Schokoladenpudding in vertretbarer Zeit hinunterzuschlucken, ohne Magdalenas Unmut auf sich zu ziehen, sondern weil es einfach so zu sein hatte. Herb Senior war kein Mann für Bleibeschäden. Bis zum zweiten Besuch ließ Herb Junior mehr Zeit als geplant verstreichen, er wollte dem Vater eine Chance zur unbeobachteten Regeneration geben, ganz ohne Druck. Einige Male war er schon im Lift gestanden, hatte den Knopf für das Dachgeschoß gedrückt und war nach oben gefahren, ohne auszusteigen. Einmal war er sogar gemeinsam mit der Pflegerin wieder nach unten gefahren und hatte große Mühe, dem Drang, sich vor ihr zu rechtfertigen, nicht nachzugeben.

Als er sich einige Tage später doch überwand, empfand er das Wiedersehen als schrecklich. Herb Senior starrte ihn so eindringlich an, dass er am liebsten in einen Schwall Rechtfertigungen ausgebrochen wäre, aber stattdessen erzählte er von der Praxisklinik, und manchmal schmatzte Herb Senior laut auf, an Stellen, an denen er früher garantiert Einwände gehabt hätte. Aber jetzt konnte Herb Junior es wenigstens ignorieren, er musste nicht reagieren, sich nicht verteidigen. Er war froh, als Magdalena den Besuch beendete, indem sie mit einer Waschschüssel und zwei verschiedenfarbigen Waschlappen ankam.

»Da will ich nicht länger stören«, sagte Herb Junior in bestechender Wahrhaftigkeit, denn nichts anderes tat er seit vielen Minuten – stören. Er nahm die Hand seines Vaters, bedauerlicherweise die falsche, und drückte das schlaffe Fleisch ein paar Mal, als könnte er wieder Leben hineinpumpen. Dann legte er die Hand sanft zurück auf die Bettdecke, umarmte seine Mutter, die in den letzten

Wochen spürbar rundlicher geworden war, und verließ die Wohnung.

Für den dritten Besuch, eigentlich war es nur ein halber gewesen, ein letzter Versuch, musste sich Herb Junior vorher Motivation antrinken. Anfangs noch beschwingt vom Alkohol beschloss er, zuerst kurz seine Küchenschränke und -schubladen auszusortieren und sie gründlich von innen zu reinigen. Er verabschiedete sich herzlich von seinem Standmixer, dessen Umdrehungen nach einiger Recherche leider viel zu gering waren, um das gute Chlorophyll aus dem Blattspinat zu zentrifugieren. Wochenlang hatte er ein Gebräu aus Wasser, Öl und Blattspinat zu sich genommen, ohne die erwünschte Wirkung im Bereich der Antioxidantien zu erzielen, im Gegenteil, sein Antlitz verjüngte sich nicht, sondern vermooste, jedes Lächeln strahlte grün, und Herb Junior fand, wenn ihn ein Gerät so bloßzustellen vermochte, konnte er getrost gleich auf alle groß angekündigten Technologisierungen der Zukunft verzichten.

Auch den Eierschneider entsorgte er, durchaus ahnend, dass es nicht unbedingt die reine Dringlichkeit war, die ihn dazu trieb. Aber zwei Saiten des Schneiders waren gerissen und die billigen Metallfäden pieksten ihn jedes Mal in die Hand, wenn er in der Schublade wühlte. Herb Junior war es leid, gepiekst zu werden, und das sagte er auch laut hinein in sein Dasein, seltsam stimmverzerrt durch den Dunstabzug in der Küche. Irgendwann hatte er einen großen Sack gefüllt und musste einen weiteren darüberstülpen, da einer allein mit dem Gewicht der Küchenutensilien überfordert war und zu reißen drohte. Er wollte die Sachen in den Müllraum bringen, auch wenn sicherlich wieder jemand von der Hausverwaltung in den Tonnen wühlen und die Gerätschaften als Sondermüll beanstanden würde. Die Hausverwaltung zu ärgern gehörte zu den letzten verbliebenen Freuden seines Lebens, immer wenn in einem Rundschreiben seine eigenen Missetaten dokumentiert wurden, fühlte er sich zumindest in Ansätzen verwegen. Akribisch genau wurden die Beanstandungen fotografiert und danach öffentlich an die Briefkästen geheftet und angeprangert. Ein mit Sperrmüll verstopfter Kellereingang, Fluchtwege, die durch herrenlose Blumentöpfe völlig verstellt waren, ein altes Fahrrad, sperrig montiert am Treppengeländer, oder aus der Verankerung gerissene Feuerlöscher. Herb Junior konnte nachts nicht mehr schlafen und seine Ausflüge ins Stiegenhaus waren ein guter Weg, auf ganz unterschiedlichen Ebenen seinen Ballast loszuwerden.

Im Müllraum stank es entsetzlich, irgendjemand hatte Fischabfälle entsorgt. Zwei Miesmuschelschalen lagen auf dem dreckigen Betonboden wie auf dem traurigsten Strand der Welt, daneben ein Haufen aus Fleisch mit Kleidern und Haaren. Der Junkie schlief und sah dabei in seiner ganzen Ekelhaftigkeit entzückend unschuldig aus. Das lag an den Augenlidern, die straff gespannt im Neonlicht schimmerten wie bei einem Kind und nur hin und wieder zuckten, das aber so beruhigend regelmäßig, als würde er gerade von schöneren Zeiten träumen. Herb Junior stellte seinen Müllsack vorsichtig neben ihm ab, verließ den Müllraum und fuhr mit dem Lift ganz hinauf ins Dachgeschoß. Er klingelte bei seinen Eltern und als er Magdalenas Schritte hörte, drehte er um und rannte die Stiegen hinunter, wobei er sich seine Hose an dem kaputten Fahrrad zerriss, das er extra aus einer Sperrmüllsammlung mitgenommen hatte, um es im Haus als Störfaktor für alle anderen zu installieren.

DIE STÜTZSTRÜMPFE VOM Kosmetikcounter verwendete sie noch immer täglich, auch wenn sie dort nicht mehr arbeiten musste. Denn eine Schwangerschaft war nicht unbedingt ein venenstärkender Zustand und Karin hatte keine Lust, sich bei ihren Hochzeitsplanungen obendrein den Kopf über das Kaschieren von Krampfadern zerbrechen zu müssen. Strümpfe wollte sie keine tragen an diesem besonderen Tag, jedes noch so gute Camouflageprodukt würde früher oder später auf das weiße Kleid abfärben, und wenn ihr der Minister das hellblaue Strumpfband mit den Zähnen über eine dunkellila Hügellandschaft ziehen musste, würde er das mit der Ehe vielleicht doch noch einmal überdenken. Karin wollte es wirklich nicht darauf anlegen, daher quetschte sie sich jeden Morgen im Bett liegend in ihre Strümpfe und hatte dabei das gute Gefühl, produktiv an ihrer Beziehung zu arbeiten.

Seit Langem hatte sie den Verlauf ihres Lebens wieder in der Hand, sie bestimmte, wo es hingehen sollte, und hatte alle ihre Kanäle in den sozialen Medien reaktiviert, denn sie wollte nicht erst zur großen Hochzeit einsteigen mit der Präsentation ihres Glückes, das wäre zu auffällig gewesen, eine dramaturgische Fehlinvestition. So bereitete sie die Massen, genauer gesagt ihre alten Schulfreundinnen und Kaufhauskolleginnen, in kleinen Häppchen auf das große Event vor: Sie lud Bilder von Weinflaschen auf dem Balkon einer Edeltherme, Helene beim Lamatrekking im Waldviertel, dem Minister (selbstverständlich mit ihm abgesprochen) beim Wasserskifahren mit Aperolglas in der Hand hoch und freute sich über die nach kurzer Zeit weniger zaghaft vergebenen Likes und die gelben Gesichter mit den manisch euphorisierten Herzaugen.

Der Minister war dem Ganzen gegenüber recht offen, ihr schien, als freute er sich ebenso wie sie selbst über die lustigen Kommentare zu seiner Sommerfigur am Wörthersee. Er hatte erstaunlich viele Fans, Karin merkte das an der stetig wachsenden Zahl an Freunden und Followern, von denen sie bald eigentlich niemanden mehr persönlich kannte. Wenn sie morgens in der Wohnung saß und die Hitze ihre Beine auf das Doppelte anschwellen lassen wollte, ihr eigenes Gewebe einen Dauerkampf gegen das Gewebe der Stützstrümpfe ausfocht, legte sie sich gerne auf die riesengroße hellgraue Couch, ein Stillkissen unter dem schmerzenden Rücken, und stöberte sich durch die Profile der fremden Menschen, die an ihrem Leben teilhatten. Schöne Menschen waren das, sehr schöne Männer vor allem, und Karin war glücklich, dass ausgerechnet sie bald einen von ihnen heiraten würde. Auf Sex fast ganz zu verzichten hatte sie ohnehin in den letzten Jahren gelernt, und es sprach nichts dagegen, hin und wieder einen Eisprung vorzutäuschen, damit die Motivation beim Minister nicht verlorenging. Das war momentan zwar obsolet in ihrem Zustand, aber Karin würde sich ein paar wirksame Methoden für die Zukunft einfallen lassen, ein kleinster gemeinsamer Nenner ließe sich ja sicherlich immer finden. Der Minister war genau der Richtige und obendrein außerordentlich fesch, im Anzug wie im Seidenpyjama, mit Gelfrisur ebenso wie direkt nach dem Aufwachen, immer frisch rasiert, immer duftend. Einzig sein heiß geliebtes *Mandarino di Amalfi* hatte sie kurz nach ihrem Einzug bei ihm ganz hinten im Badezimmerschrank versteckt und durch einen neuen, herben Duft von Hermès ersetzt. Sie wollte schließlich noch etwas zum Träumen haben.

WENN ER LANGE genug auf seinen Arm starrte, bekam er tatsächlich Angst vor ihm. Gestern hatte er ihn zum ersten Mal seit Monaten wieder berührt, war eine halbe Stunde mit den Fingern der anderen Hand quer über die Bettdecke gekrochen, den stechenden Schmerzen im Oberarmknochen, direkt im Mark, so tief drin, dass es keine Linderung mehr geben konnte, trotzend. Er hatte mit den Fingern jede Ausbeulung in der Decke überwunden, wie ein Bergwanderer auf einer mehrtägigen Tour durch das Tote Gebirge, ein Bild, so treffend, dass er gerne laut aufgelacht hätte, aber Magdalena würde ihm den Speichel sicherlich wieder ewig nicht vom Kinn wischen und Herb Senior wollte gut aussehen, wenn die Pflegerin kam. Als er den anderen Arm endlich erreicht hatte, streckte er seine Finger vorsichtig aus, um ihn anzustupsen, und erschrak fürchterlich, weil sich der Arm nicht nur eiskalt anfühlte, sondern so, als wäre er eine Maßanfertigung aus Gelatine. Der Rückweg der Finger erfolgte ungefähr dreimal so schnell, seine rechte Körperhälfte war die Schmerzen in der linken nicht mehr wert.

Herb Senior war es unbehaglich, mit diesem kalten, fremden Arm ein Bett zu teilen, er beobachtete ihn misstrauisch, in erster Linie, weil er nichts anderes zu tun hatte, bis die Pflegerin kam. Sie war eine kompakte Person mit einem fast schon obsessiven Hang zu Memory, einem besonders eintönigen Kinderspiel, wie Herb Senior mit Befremden feststellte. Jedes Mal, nachdem sie ihn gefüttert hatte, massierte sie kurz seinen Hals, wahrscheinlich um ihm bei den Schluckbeschwerden behilflich zu sein, es war ihm egal, denn das war eindeutig der Höhepunkt des Tages, wenn ihre dicken Finger sanft seinen Hals auf und ab kreisten und den Kopf vorsichtig nach hinten bogen, bis er den Mund öffnete und seinen Kiefer entspannte. Danach packte sie ein Memoryspiel aus ihrer großen Handtasche, erstaunlicherweise jedes Mal ein anderes. Sie legte die Karten auf den kleinen beweglichen Tisch an seinem

Bett und sagte »Bitte, bitte, er genau schauen«, bevor sie alle der Reihe nach umdrehte. Ihre Stimme war tief und kratzig, die Motive auf den Kärtchen allesamt von ausgesuchter Lieblichkeit. Sie hatte Memorykarten mit diversen Muschelarten darauf, mit Tierkindern, Wiesenblumen, dicklichen Zeichentrickschweinen oder den prächtigsten Engelstatuen Rumäniens. Langsam deckte sie zwei der Karten auf, nahm ihre Hand vom Tisch, damit er freien Blick auf die Motive hatte, und nach ungefähr einer halben Minute drehte sie die Karten wieder um. Herb Senior ließ sie immer gewinnen, manchmal deckte er ein Paar auf, um die Pflegerin zu motivieren, denn dann schrie sie vor Entzücken und murmelte noch minutenlang »Sehr gut gemacht, Herr Doktor, sehr gut. So gut, er schaffen das. Er schaffen das«.

Herb Senior hätte jeden Tag am liebsten geweint, wenn sie nachhause ging, aber Tränen würden von Magdalena ignoriert auf seiner Haut eintrocknen und zu unangenehmen Spannungsgefühlen führen.

HERB JUNIOR BEMERKTE jedes Mal ein neues Detail an dem Junkie, wenn er ihm im Stiegenhaus oder Müllraum begegnete. Er trug meistens ein *Star-Wars*-Shirt, worüber sich Herb Junior sehr amüsierte, wusste er doch aus eigener Erfahrung, dass das Tragen solcher Oberbekleidung im Allgemeinen mit einer ungesund hohen Hinwendung zur Onanie Hand in Hand ging. Noch nie hatte er jemanden getroffen, der seine Triebe unter Kontrolle halten konnte und es trotzdem als relevant erachtete, seinen Lieblingsfilm unbezahlt auf der Brust zu plakatieren. Für ihn fiel das alles gleichermaßen unter Affektstörung. Aber er sah dem Junkie seinen Kleidungsstil großzügig nach, bezweifelte er doch, dass die Auswahl bei vollem Bewusstsein geschehen war. Diese Großzügigkeit überraschte ihn selbst, war er doch sonst unbestechlich in seinen modischen Ersteinschätzungen, aber er kam nicht umhin, die ansprechend starke Kieferlinie des Mannes zu bewundern, der morgens auf zusammengedrückte Kartons gebettet neben der Altpapiertonne lag. Herb Junior mochte Kieferlinien viel lieber als Wangenknochen, sie verliehen einem männlichen Gesicht die erwünschte Kontur, ohne gleich in Verschlagenheit auszuarten, wie es bei ausgeprägten Wangenknochen meist der Fall war. Die galten eher als weibliche Schönheitsattribute.

Herb Junior brachte seine Abfälle regelmäßig in den Müllraum, schließlich legte er großen Wert auf Hygiene und vermochte schon nach einem halben Tag unangenehme Gerüche aus seinem angeblich geruchsdichten Mistkübel zu erschnuppern. Wenn der Junkie nicht anwesend war, verspürte er einen kleinen Stich, eine unangenehme Leere, die er nur dadurch beseitigen konnte, indem er sich in der Bäckerei ein Stück Marillenkuchen kaufte. Er hatte eine Schwäche für Süßwaren aller Art entwickelt, seit der Ex-Nationalratsabgeordnete ihn verlassen hatte, auch wenn er durchaus wusste, dass eine weitere Steigerung seines Zuckerkonsums im Endeffekt die völlige Vereinsamung zur Folge haben könnte, denn die wachsenden Außenwölbungen über seinen Hüftknochen halbierten die Übereinstimmungen in einem gewissen Onlineportal, in dem er hin und wieder, ausschließlich zu Zwecken der Selbsterbauung, ein paar tote Stunden verbrachte. Einmal hatte er dem Junkie sogar ein Schokoladencroissant angeboten, gleichermaßen aus einem Impuls der Freundlichkeit wie der eigenen Figurschonung, eine moralische Win-win-Situation, war jedoch von ihm rüde zurückgewiesen worden, und auch wenn Herb Junior Fäkalsprache eigentlich nichts anhaben konnte, brauchte er danach doch ein wenig, um seinen Ruhepuls wiederzufinden.

Nach diesem kleinen Vorfall verschwand der Junkie für einige Tage, was Herb Junior zuerst sehr recht war, zu kompliziert erschien ihm der weitere Umgang. Doch als er zum vierten Mal mit enttäuschtem Seitenblick auf die leere Kartonschlafstätte seinen Mist in die Mülltonne warf, begann er sich langsam Sorgen zu machen. Auch wenn er nur eine leise Ahnung vom durchschnittlichen Lebensalltag eines Junkies hatte, schätzte er ihn doch gefährlicher als den eigenen ein. Herb Junior beschloss, zur Beruhigung die Glasvitrine beim Bäcker zu studieren und sich etwas Ballaststoffreiches zu kaufen, ein Kürbiskernweckerl zum Beispiel. Als er den Lichtschalter im Stiegenhaus betätigen wollte, zuckten seine Finger unwillkürlich zurück. Der Schalter war am unteren Ende befleckt, dunkel. Herb Junior drückte vorsichtig auf eine verbliebene weiße Ecke, und als das Licht anging, sah er, dass es eingetrocknetes Blut war, das auf dem Schalter klebte. Fingerabdrücke, verschmiert, wie abgerutscht, bräunlich-rot. Herb Junior stiegen die Tränen in die Augen und an das Kürbiskernweckerl dachte er den ganzen restlichen Tag nicht mehr.

JETZT WAR ER wieder da, aber er störte sie nicht. Herb Senior lag auf dem Bett mit der elektrisch verstellbaren Rückenlehne im Wohnzimmer und störte sie nicht. Gut, Magdalena musste den Weg zum Kühlschrank geringfügig adaptieren, da sie dazu neigte, mit den Zehen äußerst schmerzhaft am Metallgestell des Bettes hängen zu bleiben, wenn sie nicht den nötigen Abstand einhielt. Ihr linker großer Nagel war tiefblau und würde wohl über ein Jahr brauchen, um sich wieder zur Gänze zu normalisieren, was ihn zumindest resilienter machte als Herb Senior, der entweder zum Dachfenster an der Decke hinausstarrte oder leise schmatzende Geräusche von sich gab, wenn er nach einer mühevollen Kopfdrehung den Esstisch fixierte, auf dem der Präsentkorb stand, den ihm Greta zu seiner Heimkehr geschickt hatte. Ihre Finanzen schien sie nachhaltig unter Kontrolle zu haben, denn der Korb war randvoll gefüllt mit exquisiten schwedischen Spezialitäten, von denen er bedauerlicherweise keine einzige probieren konnte. Nur ein kleines Stück von dem getrockneten Rentierfleisch und er wäre wahrscheinlich daran erstickt, aber das konnte Greta ja nicht wissen.

Jeden Morgen öffnete Magdalena im Morgenmantel die Tür, um die Pflegerin hereinzulassen, eine angenehm wortkarge Frau. Sie wechselte die Windeln, wusch Herb Seniors leicht gelbliche Haut mit einem in Babyöl getränkten Waschlappen und fütterte ihn mit den vom Krankenhaus verordneten Spezialbreien. In ihrer Anwesenheit schmatzte er fast durchgehend und versuchte ein Lächeln, was Magdalena an der gerunzelten Stirn erkannte, denn sein Mund bewegte sich kaum. Die Pflegerin nahm nichts davon wahr, sie schob seine Lippen sanft mit einem Plastiklöffel voll Brei auseinander und wartete geduldig, bis er alles davon geschluckt hatte, ein Vorgang, der meist mehrere Anläufe benötigte. Den Überschuss an den Mundwinkeln tupfte sie mit einer Serviette ab, jedes einzelne Mal, obwohl es praktischer gewesen wäre, wenn die Breireste sich ansammelten, um sie am Schluss in einem Rutsch wegzuwischen.

Magdalena war davon überzeugt, dass genau diese kleine Aufmerksamkeit der Grund dafür war, warum sich Herb Senior längst in die Pflegerin verliebt hatte.

Wenn Magdalena ihn abends allein fütterte, waren ihr die Breireste egal, sollten sie doch aus den Mundwinkeln quellen, wie sie wollten, manchmal nahm sie sogar ihre Finger und malte Herb Senior damit verschiedene Bärte ins Gesicht.

Ein kleines Menjou-Bärtchen aus püriertem Hühnerfleisch mit Brokkoligemüse. Ein zärtlich strichlierter Vollbart, Barbarossa aus Lachsmus mit Frühkarotten. Oder Adolf Hitler aus lauwarmem Dinkel-Zwetschkenbrei. Geschmacklos, sowohl Bart als auch Brei, das wusste sie, aber Magdalena hatte endlich wieder Freude an der Malerei gefunden und nahm in Kauf, dass diese sich manchmal auf etwas kindliche Art äußerte. Herb Senior schloss meist die Augen und schüttelte leicht den Kopf, aber das strengte ihn dermaßen an, dass er zu schwitzen begann. Der Pflegerin gab Magdalena jeden Tag großzügig Trinkgeld, immer so, dass sie den Schein direkt über Herb Senior auf die andere Bettseite hinüberreichen musste. Ursprünglich war das keine Absicht gewesen, aber sein Unbehagen dabei gefiel ihr.

Magdalena hatte alle ihre Malsachen aus dem Keller geholt, den ganzen ersten Tag damit verbracht, neues und altes Zubehör auszupacken, Pinsel einzuweichen und mit Spezialseife auszuwaschen. Zu Beginn malte sie Blumen, denn deren Details waren ein guter Test dafür, ob Hand und Auge wieder ausreichend miteinander kooperierten. Es funktionierte hervorragend, Magdalena hatte vergessen, wie es sich anfühlte, wenn etwas auf Anhieb klappte, und nachdem sie über drei Stunden an der genauen Abbildung einer Basilikumblüte gearbeitet hatte, merkte sie, dass die Stille im Raum einzig von einem fast durchgehenden Seufzen verdrängt wurde, an das sie sich schon gewöhnt hatte, ja, sie fand es regelrecht befreiend, denn es kam aus ihr selbst.

DER JUNKIE LIESS sich nicht anmerken, ob er Herb Junior überhaupt wiedererkannte. Er hatte seinen Aufenthaltsort von neben der Altpapiertonne zu hinter den Kinderwägen verlegt, wohl weil er dort weniger exponiert war und keine Angst mehr haben musste, von der Hausverwaltung entdeckt zu werden. Herb Junior hatte sich zuerst so erschrocken, als die dichten, leicht gewellten Haare des Junkies hinter einem Zwillingsbuggy auftauchten, dass er den Müllsack zu fest zusammendrückte und ein Loch in das dünne Plastik riss, aus dem sofort der Großteil des Inhalts zu Boden fiel. Es war erstaunlich, dass der Junkie wunderschön glänzendes Haar hatte, dachte Herb Junior, während er die lilafarbenen Kleinstkuchenverpackungen vom Steinboden klaubte, denn eigentlich müsste es ihm bei seinem Lebenswandel an den nötigen Spurenelementen mangeln.

Der Junkie ließ seinen Unterkiefer kreisen und erinnerte ihn damit an Georg, der selbiges immer als Aufwärmtraining vor Bühnenauftritten gemacht hatte. Nur wollte der Junkie wahrscheinlich lieber Substanznachschub, als vier Stunden Richard III. in einem Kellertheater zu geben.

In seinem Küchenschrank hatte Herb Junior beim Ausmisten Reste seiner MDMA-Phase gefunden und sich vor sich selbst geschämt, weil er die Kristalle in Beamtenmanier zerkleinert und in zahn- und schleimhautschützende Kapselhüllen gefüllt hatte, die Dosierung fein abgewogen an sein Körpergewicht angepasst. Diese Kapseln hatte er in kleine Säckchen verstaut, drei unterschiedliche Dosierungen für drei unterschiedliche Figurzustände. Er hatte keine einzige davon jemals genommen, denn sie waren ganz hinten in den Küchenschrank geklebt worden, sodass er sie wohl gleich wieder vergessen haben musste.

»Willst ein bisserl Stoff?«, hörte er sich den Zwillingsbuggy fragen. »Ich hab da was.«

DER MORGENMANTEL HATTE fast alle Federn verloren. Sie fand, er sah jetzt aus wie ein gerupfter Vogel, der verendet und schlaff am Wandhaken im Badezimmer hing, ohne irgendeine Möglichkeit der Weiterverwertung. Immer wenn Magdalena auf der Toilette saß und vergessen hatte, sich Unterhaltung mitzubringen, starrte sie auf den Morgenmantel und verstand sich selbst nicht mehr. Wieso hatte sie sich jemals ein dermaßen teures Kleidungsstück gewünscht, das sich außer seiner bedingt ansprechenden Ästhetik nur durch Impraktikabilität auszeichnete? Die Federn hatten die gesamte Wohnung verschmutzt, sie in den Hals, Nacken und das Dekolleté gestochen, die weit schwingenden Ärmel waren überall hängen geblieben, jedes einzelne Mal eine kleine Demütigung, wenn die gewollt aristokratische Abgehobenheit so gleichermaßen ruck- wie schmerzhaft auf den Boden der Realität zurückgeholt wurde. Sie beschloss, den toten Vogel an den hintersten Haken zu hängen, außerhalb ihres Sichtfeldes, außerhalb ihres Wirkungskreises. Nie wieder wollte sie ihn anziehen, sie wollte ihn nicht einmal mehr täglich ansehen müssen.

Sie kam nicht umhin, ihr Leben modisch zu vereinfachen, und bestellte sich zu diesem Zweck zuallererst fünf einfarbige Bodys. Es erschien ihr vernünftig, ganz im Sinne ihres neuen Lebensgefühls, die Unterwäsche wegzulassen und trotzdem so angezogen zu sein, dass kein Stück Haut ungewollt hervorblickte. Dazu kombinierte sie hochgeschnittene enge Hosen und bei Bedarf Blazer oder Strickjacken. Sie ließ sich beim Friseur die grauen Haare wegfärben, ganz natürlich mit geschickt eingezogenen Strähnchen, aber die langen Haare nicht einen einzigen Zentimeter kürzen. Magdalena wollte auf keinen Fall, dass ihr neues Lebensgefühl zu offensichtlich wurde. Frauen über vierzig ließen sich niemals grundlos auf markante Frisurveränderungen ein und sie hatte keine Lust auf Spekulationen.

Eine Dienstleistung wie den Friseurbesuch in Anspruch zu nehmen kostete sie große Überwindung und bedurfte einiges an Vorbereitung. Sie schnitt Bilder aus Zeitschriften aus und klebte sie auf Zettel, damit sie dem Friseur keine Anweisungen geben musste. Im Salon deutete sie bedauernd auf ihren schalverhüllten Hals, der Friseur verstand sofort, ihr schien, als freute er sich sogar ein bisschen über die unerwartete Ruhe, denn er arbeitete stumm und konzentriert, summte vor sich hin und stellte nur ab und zu kurze Fragen, die Magdalena mit einem Nicken oder leichtem Kopfschütteln beantwortete.

Mit dem Ergebnis war sie zufrieden, sie gab großzügig Trinkgeld und spazierte mit einem angenehmen Gefühl auf der Kopfhaut wieder nachhause. Als sie am Abend Herb Senior mit in Milch eingeweichten alten Semmeln fütterte, bemerkte sie, dass ihm ihre Veränderung auffiel. Seine Augen wurden größer, er brummte auf eine Art, die wahrscheinlich Anerkennung ausdrücken sollte, hätte er sich dabei nicht an der Semmel verschluckt und hustend die ganze Bettdecke beschmutzt.

HERB JUNIOR HATTE beschlossen, dass diese unangebrachte Frage nie seinen Mund verlassen hatte, als hinter dem Zwillingsbuggy der Kopf mit der überraschend gut sitzenden Frisur auftauchte.

»Was hast du?«

Der Junkie flüsterte und die Zischlaute durchschnitten die Luft mit einer unangenehm hohen Frequenz. Herb Junior hatte eine ganz andere Stimmlage erwartet und war verunsichert von der Realität.

Er räusperte sich.

»Also, äh, MDMA-Kristalle, also, äh, in Kapseln abgefüllt, ganz rein«, sagte er viel zu laut, um dem Ganzen ein wenig die Lächerlichkeit zu nehmen, indem er der Lächerlichkeit fest in die Augen blickte.

»Nehm ich«, kam die Antwort aus dem Halbdunkel des Kinderwagenstellplatzes und es kam Bewegung in die Buggys. Der Junkie hatte das *Star-Wars*-Shirt gegen ein neues getauscht, ein verwaschenes rotes, auf dem in grauen Buchstaben *Sensational! Spectacular!* stand, was Herb Junior daran hinderte, ihm allzu genau ins Gesicht zu schauen, um nicht enttäuscht zu werden. Für einen Drogensüchtigen war er gut gebaut, er hatte eher die Figur eines Kletterers, was Herb Juniors Solarplexus kurz lustvoll nach unten wölbte, empfand er doch die Körper von Kletterern am nächsten an der Vollkommenheit. Mit Scham dachte er zurück an das angebotene Schokocroissant und zog unwillkürlich den Bauch ein. Jetzt bloß nicht ins Plaudern kommen, Herb Junior, dachte Herb Junior, du quatschst dich um Kopf und Kragen und der Junkie ist die Ruhe in Person, der möchte vielleicht nicht reden, eventuell ist Reden zu anstrengend, wenn der Körper andauernd mit der Verwertung seltsamer Substanzen beschäftigt ist.

»Und«, sagte der Junkie und streckte sich. Seine Stimme war viel zu hoch, aber der kurze Blick auf seine Bauchmuskeln versöhnte Herb Junior mit dieser kleinen Dissonanz.

»Ich bin früher direkt an der Quelle gesessen, im Medizinstudium. Da konnte ich wirklich alles durchprobieren, es war der Wahnsinn, wir haben echt viel gefeiert damals«, log Herb Junior und hoffte, ihn damit zu beeindrucken.

»Gehen wir jetzt oder was«, sagte der Junkie.

»Kein Problem«, antwortete Herb Junior, »folge mir unauffällig.«

Sie begegneten niemandem im Stiegenhaus, über das lange Wochenende waren wohl viele Bewohner aus der Stadt geflohen. Herb Junior wünschte sich fast ein wenig, dem Ex-Nationalratsabgeordneten zu begegnen. Er zog den Wohnungsschlüssel aus seiner Hosentasche und beeilte sich nicht besonders, die Tür aufzusperren. Hinter ihm fing der Junkie an, von einem Bein aufs andere zu tänzeln, und Herb Junior stellte sich zum ersten Mal die Frage, wie man einen Junkie nach spontanem Geschlechtskontakt wohl wieder elegant in Richtung Müllraum verabschieden konnte, ohne dabei das Gesicht zu verlieren.

DER ZAUBER DER Pflegerin war so schnell verflogen wie die Hoffnung, dass sich Herb Seniors Zustand im Laufe der Zeit noch bessern würde. Er spielte zwar täglich Memory mit ihr, aber er stellte sich dumm, denn ihm fehlte die Lust, auf die Jagd nach zwei identischen Engelsbildern zu gehen und dafür sein verbliebenes Hirnschmalz zu strapazieren. Viel lieber ließ er langsam Speichel aus seinem Mundwinkel rinnen, damit die Pflegerin ihn abtupfen musste und er ihr dabei ein wenig in den Ausschnitt schauen konnte.

Herb Junior kam schon seit Längerem nicht mehr zu Besuch, aber ihm war das ganz recht, so unwohl fühlte er sich in Gegenwart seines Sohnes, der so weich und schwach geraten war, dass er sich ihm selbst in diesem Zustand haushoch überlegen fühlte.

Am wenigsten mochte er die Stunden, in denen er mit Magdalena allein war, denn auch wenn sie alle Dinge erledigte, die für seine Pflege von Nöten waren, machte sie dies doch in einer beängstigend kalten Manier. Sie wischte seine Haut auf exakt die gleiche Weise mit einem feuchten Waschlappen ab wie das Samtsofa, florerhaltend in Strichrichtung beim Sofa, in Wuchsrichtung seiner Brusthaare bei ihm selbst. Sie flößte ihm Tee ein wie den Küchenkräutern im Topf das Wasser, vorsichtig zwar, aber so viel wie möglich, um die Gussfrequenz niedrig zu halten, die Überschwemmung dabei immer in Kauf nehmend. Sie wechselte seine Kleidung wie die Bettüberzüge, mit routinierten Handgriffen, immer bedacht auf einen kleinen dekorativen Effekt, die exakt drapierten Zierkissen auf dem Bett korrespondierten wie zufällig mit seinem symmetrisch ausgerichteten Hemdkragen.

Mit wachsender Unruhe beobachtete er, wie Magdalena ihren Radius erweiterte, das Wohnzimmer immer häufiger verließ, schlussendlich auch die Wohnung. Sie verabschiedete sich nicht bei ihm und Herb Senior litt am allermeisten darunter, dass er nie genau wusste, wo sich seine

Frau aufhielt. War sie aus seinem Sichtfeld, dann lauschte er konzentriert, ob er Schritte auf der Dachterrasse hören konnte, einen über den Boden schleifenden Gartenschlauch, das hart in die Gießkanne aufschlagende Leitungswasser. Seine Ohren waren sehr empfindlich geworden, seit seine restlichen Körperfunktionen ihn so schändlich im Stich gelassen hatten. Es beklemmte ihn, seine Frau in der Nähe zu wissen, ohne sie zu sehen, als würde er auf etwas warten, einen Schlag, eine Demütigung, aber nichts passierte, und dieses Nichts fühlte sich schlimmer an als jede Katastrophe. Er würde nie wieder auf etwas anderes warten als auf das Nichts, in einem Bett mit Motor, das zweimal täglich automatisch die Liegeposition veränderte, egal ob er wach war oder schlief.

Ganz anders gestaltete sich seine Gefühlslage, wenn er das Glück hatte, im richtigen Moment die ins Schloss fallende Wohnungstür zu hören, also garantiert wusste, dass er jetzt allein war. Auch wenn er sich nicht richtig bewegen konnte, fiel die innere Unruhe für kurze Zeit von ihm ab, seine Atmung entspannte sich und er empfand seine Stimmung nahezu als ausgelassen, wenn er kleine Speichelblasen an den Lippen aufblies und platzen ließ.

ES FÜHLTE SICH seltsam an, mit dem Junkie in der eigenen Wohnung zu stehen, und Herb Junior fragte sich, welchen Eindruck die Situation wohl auf den jungen Mann machte. Offenbar hatte er starken Harndrang, denn er tänzelte so nervös von einem Bein auf das andere, dass Herb Junior sich konzentrieren musste, um nicht im selben Takt miteinzufallen. Kurz überlegte er, dem Junkie seine Toilette zur Nutzung anzubieten, verwarf dies aber sofort, weil er erstens nicht bevormundend erscheinen wollte und zweitens unruhig beim Gedanken daran wurde, dass sich diese Person in ein Zimmer seiner Wohnung einsperrte. Allein die Parfumsammlung war ein Vermögen wert und seine Klomuschel leider so geformt, dass es unabdingbar war, sich hinzusetzen, wollte man nicht alle umliegenden Kacheln mit Urin besprenkeln. Einem Junkie zu sagen, dass er sich bitte zum Urinieren hinsetzen sollte, hätte jede weitere Beziehung zwischen ihnen verunmöglicht, aber ebenso gestaltete es sich mit der Vorstellung, später die befleckten Fliesen wischen zu müssen und dabei die Luft anzuhalten.

»Möchtest du ein Glas Wasser?«, fragte er stattdessen. »Oder vielleicht einen Kaffee?«

»Na«, sagte der Junkie, »nur das Zeug.« An seinem Haaransatz schimmerten ein paar Schweißtropfen, sein Gesicht war blass, aber komplett trocken. Herb Junior wartete kurz darauf, dass sich einer der Schweißtropfen löste und die Stirn hinunterlief, aber nichts geschah, als wären sie aus durchsichtigem Harz, fest verbunden mit der Frisur. Es war wieder einmal Zeit für die Liebe, fand Herb Junior und lächelte den Junkie an. Dabei zeigte er so viele Zähne wie möglich, denn die waren gerade und schön weiß, die Zahnspange hatte sich ausgezahlt, und an diesem Morgen hatte er jeden Zahnzwischenraum mit einem Interdentalbürstchen gereinigt. Für seine Zähne hatte er schon so manches Kompliment erhalten, Herb Junior wusste seine Stärken einzusetzen.

»Wir könnten es uns erst ein bisschen gemütlich machen«, sagte er etwas leiser und sein Herz hing plötzlich schwerelos im Brustkorb.

»Zuerst das Zeug«, sagte der Junkie. Er knetete sein Ohrläppchen.

Herb Junior zog einen Sessel vom Esstisch zum Kühlschrank, weil er wusste, dass er ohne Hilfe nicht ganz hinten an die Rückwand des Oberschrankes herankommen würde. Er stieg auf den Sessel, vorsichtig, damit das Sitzkissen nicht verrutschte, und zog den Kopf ein, um sich nicht zu stoßen, als er die Schwingtür des Schrankes nach oben öffnete. Der Junkie stand hinter ihm, neben dem geruchsdichten Mistkübel, als würde er sich magisch von Mistkübeln angezogen fühlen. Herb Junior konnte ihn natürlich nicht sehen, aber er hörte, dass seine Kleidung raschelte.

Wenn ich mich umdrehe, darf ich nicht überrascht wirken, sollte er nackt vor mir stehen, dachte Herb Junior, ich muss mir zumindest den Anschein von Routine geben. Mit den Fingern ertastete er das dicke Klebeband, mit dem die Pillensäckchen an die Rückwand geklebt waren. Seine Fingernägel kratzten hektisch daran herum, um es schneller abzulösen, er durfte keine Zeit verlieren, eine Spannung dieser Art konnte genauso schnell unwiederbringlich verloren gehen, wie sie gekommen war.

Herb Junior hörte langsame Schritte hinter sich, zögerlich waren sie, und sein schwereloses Herz pochte, weil er hoffte, dass die Zögerlichkeit der auf den Knöcheln hängenden Hose geschuldet war. Oder zumindest einer entzückenden Nervosität. Mit einem Ruck riss er endlich das hartnäckige Klebeband ab und löste vorsichtig die drei Säckchen aus ihrer Fixierung.

»Ich hab's, das ist mehr, als ich in Erinnerung hatte«, sagte er leise, um die Spannung nicht zu zerstören. Gleich würde er sich umdrehen und sich nichts anmerken lassen. Vielleicht würde er süffisant lächeln, auf jeden Fall seine Augen verwegen zusammenkneifen.

Er zog die offene Schranktür nach unten und verstand überhaupt nicht, warum er dabei mit der Stirn so dermaßen heftig gegen den Kühlschrank knallte. Das ergab keinen Sinn, hatte er die Tür doch ganz vorsichtig bewegt und sich mit der anderen Hand an der Arbeitsplatte abgestützt. Die Säckchen mit den Pillen waren zu Boden gefallen, Herb Junior wollte sie gerne aufheben, aber seine Schulter brannte so stark und die Stirn schmerzte, er musste sich kurz sammeln, bevor er wieder zu Bewegungen fähig war. Als er den Arm hob, merkte er, dass sein Hemd an ihm klebte, ein großer Fleck am Rücken, selbst wenn er schwitzen würde, viel zu groß für einen Schweißfleck. Er konnte nicht hingreifen, er wollte nicht hingreifen, eine Ahnung breitete sich in ihm aus, die ihn sofort schwindelig machte, denn unleugbar rann ihm Blut in seine Poritze. Blut ist dicker als Wasser, dachte er, deswegen rinnt es eine Spur langsamer. Er kniff die Backen zusammen, als könnte er damit sein Leben retten, aber diese Anstrengung raubte seinem Kreislauf die letzte Basis, im Fallen versuchte er noch, sich zu drehen, um das alles irgendwie in realen Bildern zusammenzusetzen.

Der Junkie, der die drei Säckchen vom Boden aufhob, ging einen Schritt zur Seite, damit Herb Junior nicht auf ihn fiel. Das Filetiermesser aus gefaltetem japanischem Stahl schob er mit dem Fuß außer Reichweite, außer Reichweite dieses bösen Mannes mit dem seltsamen Blick. Ihm war bisher nicht bewusst gewesen, wie viel Blut in kürzester Zeit einen Körper verlassen konnte, und er war erstaunt, dass Herb Junior keine beängstigenden Geräusche machte, sondern nur still dalag. Lautes Röcheln hätte der Junkie schwer ertragen, es war so schon fast zu viel für ihn. Da überhaupt nichts von dem passierte, was er sich vorgestellt hatte, beschloss er, das Beste daraus zu machen, und leerte Herb Juniors Hosentaschen. Er steckte Geldbörse und Handy ein, ließ Mundspray, Taschentücher und Handdesinfektion liegen. Leise zog er die Wohnungstür hinter sich zu, gedanklich schon in der nahen Zukunft, in der er hoffentlich mehr als erwartet in der Geldbörse vorfinden würde.

MAGDALENA GENOSS DAS Gefühl, schlicht und perfekt gekleidet auf den Lift zu warten und dabei die Essensgerüche
der Nachbarn zu analysieren. Irgendjemand frittierte im
Übermaß, aber das konnte ihre Stimmung nicht trüben,
und der Lift öffnete auch wirklich noch rechtzeitig die Tür,
bevor sich alle Stofffasern mit dem öligen Gestank vollsau-
gen konnten.

Sie drückte auf Erdgeschoß, das Piepsen klang lieblich,
die Tür schloss sich sanft, das Neonlicht rahmte ihr Gesicht überraschend vorteilhaft und der Haltegriff vor dem
Spiegel glänzte frisch geputzt. Sie schaute sich selbst in die
Augen, so lange, bis sie sich um ein Haar verliebt hätte,
aber da war der Lift schon unten angekommen.

Im Hausflur war es dunkel, Magdalena blieb kurz stehen, ihre Augen mussten sich erst daran gewöhnen, sie
mochte kein Licht anmachen für die zehn Meter bis zur
Haustür. Sie öffnete die Tür ins Freie sehr langsam, denn
dort stand ein Mann in einem ausgeleierten roten T-Shirt,
der erschrocken zur Seite sprang und sein Portemonnaie
so hastig in die Gesäßtasche stopfte, dass noch ein halber
Lederflügel oben heraushing, Magdalena sah ein aufge-
klebtes Foto von einem Hund und sie konnte sich nicht
dagegen wehren, dass Mitleid in ihr aufstieg. Sie lächelte
so warmherzig, wie es ihr möglich war, um sich nicht anmerken zu lassen, wie erbärmlich sie diesen Ausdruck an
Tierliebe fand. Der Mann hatte ein dünnes Bündel Geld-
scheine in der Hand, sah sie kurz mit großen Augen an
und ging eilig davon.

Sie blieb an seiner Stelle im Hauseingang stehen, sah die
Menschen zum Bus laufen und beschloss, alles in sich auf-
zunehmen, was rund um sie passierte. Sie beobachtete ein
kleines Mädchen, das unbemerkt von seiner Mutter mit
dem Regenschirm eine Taube aufscheuchte und sich dann
dafür schämte, weil der Vogel mit einem dumpfen Knall
gegen die Glasscheibe der Bäckerei flog und kurz benom-
men auf dem Gehsteig liegen blieb.

»Man weiß eben nie, wie die Dinge enden, wenn man sie gerade erst anfängt«, sagte Magdalena.

Sie kontrollierte den Verschluss ihrer Handtasche, rückte sie so zurecht, dass sie nicht andauernd gegen ihren Oberschenkel schlug, und ging los, in die Stadt hinein.

Literatur bei Kremayr & Scheriau

Eva Woska-Nimmervoll
Heinz und sein Herrl

Ein liebevolles Portrait über das Leben im Wiener Gemeindebau. Von raunzig bis romantisch, die Geschichte von Heinz und seinem schrullig-paranoiden Besitzer.

192 Seiten | 978-3-218-01155-6 | 19,90€

Simone Hirth
Das Loch

Eine wütende Mutter schreibt Briefe an Jesus, Madonna, einen Frosch und das Loch. Warum sitzt sie fest in ihrer Rolle, warum hat sich noch immer so wenig verändert?

272 Seiten | 978-3-218-01209-6 | 22,90€

Gertraud Klemm
Hippocampus

Roadtrip trifft feministischen Aktionismus. Ein furioser Roman gegen Vetternwirtschaft, Bigotterie und Sexismus. Durch und durch Klemm.

384 Seiten | ISBN 978-3-218-01177-8 | 22,90€

www.kremayr-scheriau.at

ISBN 978-3-218-01270-6

Copyright © 2021 by Verlag Kremayr & Scheriau GmbH & Co. KG, Wien
Alle Rechte vorbehalten
Schutzumschlaggestaltung: Christine Fischer
Unter Verwendung der Grafiken von shutterstock.com/Radim Glajc,
shutterstock.com/1708345354_C_MicroOne
Lektorat: Senta Wagner
Satz und typografische Gestaltung: Ekke Wolf, www.typic.at
Federn © DesignCuts/alpha
Druck und Bindung: Finidr, s.r.o., Czech Republic

Gedruckt mit freundlicher Unterstützung
durch die Kulturabteilung der Stadt Wien